勇者小鎮的打工日常 下

貓邏
插畫／高橋麵包

勇者小鎮的打工日常 下

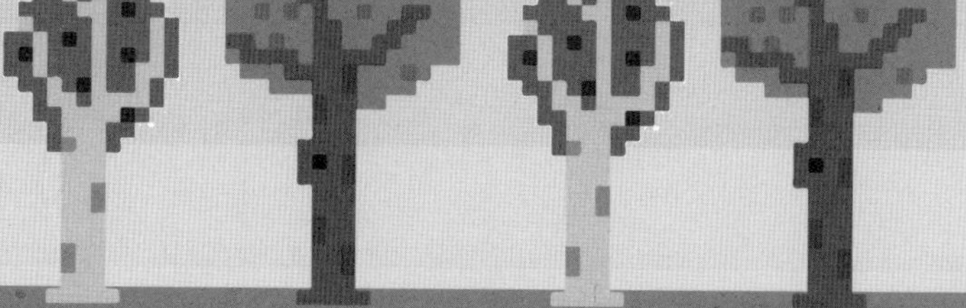

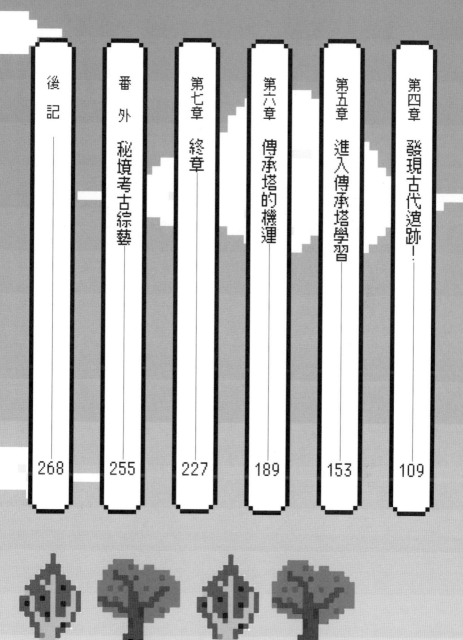

第一章 《勇者新星選拔營》初賽

01

「歡迎各位來到《勇者新星選拔營》！我是主持人『米婭』！」

容貌精緻美麗，人族與精靈混血的米婭，帶著甜美的笑容開場。

「在《勇者新星選拔營》選拔期間，我將會全程參與主持、陪伴各位選手進行比賽！」

別看米婭的外表似乎只有二十五、六歲，其實她已經主持綜藝節目十幾年了，是一位國民度極高、風評極好的資深主持人。

「本屆《勇者新星選拔營》是由勇者公會、冒險者公會、學者公會等大型組織聯手舉辦的選拔活動，目的是為了選出具有實力而且能夠成為未來勇者標竿，甚至有可能書寫、創造傳奇的勇者之星！」

「《勇者新星選拔營》採取全程直播方式進行，讓整個選拔過程公平公正公開！」

「《勇者新星選拔營》邀請了大陸知名勇者、資深勇者團團長以及專家學者擔任評審，在節目進行途中，也會請來相關專業人士進行解說和評價……」

「《勇者新星選拔營》是採用團隊參賽的模式，每一隊進入初賽的勇者團隊都會擁有自己的專屬直播間，觀眾們可以透過直播間看到他們在選拔營的比賽成績，並給予選手們打賞鼓勵……」

「《勇者新星選拔營》設有人氣獎項，人氣獎項是從觀眾的打賞和鼓勵而來，打賞金額將會在比賽結束後全數交給參賽團隊，《勇者新星選拔營》並不會從中抽取分成！」

「《勇者新星選拔營》向各個勇者培訓館發出邀請，一共有五千八百七十三個勇者團隊參賽！這些團隊都是勇者培訓館培育出的好苗子，是未來勇者圈的一員！」

「現在，我們要開始進行初賽篩選！各位選手之前都拿到一個臨時通訊環，請各位選手開啟通訊環，點擊任務的選項，上面顯示的就是初賽的任務……」

聽著主持人的指示，參賽選手紛紛打開任務介面，上面只有一個任務——《前往選拔營！》

點選進任務後，任務介面只有短短的簡介文字和一張地圖。地圖描繪得還不錯，至少能讓人看出是什麼地方，山川、森林、河流、湖泊、小鎮等處，有名有姓的座標都被標記出來了。

「各位選手都看到任務跟地圖了吧？」米婭笑嘻嘻地開口，「初賽的任務就是《前往選拔營！》，只要在規定時間內抵達選拔營的隊伍，就是通過了初選！時間內沒有抵達的隊伍，全部淘汰！」

「我再重複一次，初賽並沒有名額限制，只要在時間限制內抵達選拔營的團隊，都算過關！」

「注意！我們的比賽是以團隊為主，如果抵達選拔營時，團隊中缺了一個人，那是不算數的，整個團隊依舊要被淘汰！」

這項規則是幾位促成這項選拔賽的大佬特地制定的。

他們也知道，即使他們盡力維護比賽的公平、公正，但也防不過眾人的小心思，最常見的情況就是有權有勢的人自組一個團隊，團隊成員的任務就是保護好他們的雇主，為此，他們甚至會不擇手段的比賽中跟對手「同歸於盡」，寧可雙雙淘汰出局，也要保雇主升級。

也有一些是自身想要努力，卻被培訓館要求要為某位少爺保駕護航，被強迫成為墊腳石一樣的存在。

現在有了這個「團隊」要求，一些喜歡玩手段的人就要斟酌斟酌，收斂一些手段。

羅蘭聽著規定，敏銳地發現有些人的臉色變得很難看，他不解地戳戳維克的手臂。

「那些人怎麼了？」

維克冷笑一聲，平靜地說道：「想作弊卻發現被堵了路，心情不好囉！」

「維克哥，我看到麥冬那個叛徒了。」團員「馬赫」滿臉氣憤地說道。

他的目光掃向不遠處的隊伍，那裡有個從他們培訓館叛逃的學員「麥冬」。

「嗤！別往他臉上貼金，他不過是光輝之翼資助的貧困學員之一，又不是正式成員，算什麼叛徒？」

馬赫的雙胞胎妹妹「馬雅」，語帶諷刺地掃了麥冬一眼。

想要當叛徒，他還不夠格！

「要不是有光輝之翼的細心培養，麥冬能被他老闆看上？白眼狼！」馬赫唾棄著麥冬，對他的選擇很不看好。

「你可別污辱了白眼狼。」馬雅又刺了一句，尖酸地說道：「他現在只是貴族養的一條狗！」

也難怪馬赫跟馬雅這麼憤怒，他們幾個都是被光輝之翼資助的貧困生，培訓館的老師對他們很好，他們還想著日後要好好回報培訓館，結果麥冬不僅背叛了光輝之翼，還在離去時狠狠地取笑了馬赫和馬雅一番，將他們的友誼踐踏在腳下，讓兩個重情的孩子相當難過。

「維克哥哥，你別難過，我幫你報仇！」

羅蘭也知道那名學員的事，因為維克原本想要組隊的成員，就有那個人的一份。只是沒想到，那個人卻是在答應組隊後，又在他們準備出發到選拔營集合場地時脫離光輝之翼，讓維克哥哥為了補上缺人的名額而頭疼不已。

還好哈達聽說了這件事，主動說要讓哈瓦過來幫忙，這個小風波才過去。

「我沒難過。」維克朝羅蘭搖頭笑笑。

麥冬的背叛雖然讓他失望，但是維克也不是毫無察覺，早在他準備脫離之前，維克就在物色替補人選了。

麥冬雖然是戰士，但是在維克的組隊計畫中，他擔任的是輔佐羅蘭的助攻手，畢竟論起戰力，他跟羅蘭還是差了一大截。

輔佐的成員並不難找，但是要找到跟團隊契合的人，還是需要費點心，幸好羅蘭的人脈廣，獲得棺族的哈瓦相助。

比起麥冬，哈瓦在戰鬥上的能力更加優秀，跟羅蘭的配合也更加契合，絕對適合他們這個團隊，也算是因禍得福了。

無獨有偶，維克想著麥冬的事，麥冬也在想著這位「前老闆」。

光輝之翼每季都有考核，在考核中，麥冬經常取得第一名，獲得諸多誇獎，這也導致他自視甚高。

聽到光輝之翼要組隊參加《勇者新星選拔營》時，他就知道自己肯定會被看中，他甚至認為自己會是戰鬥主力，認為光輝之翼應該要推他成為勇者之星！

卻沒想到，組團後，他卻淪落為輔助成員，團隊的戰鬥主力變成一個小屁孩！

呵，他之前聽說維克跟羅蘭的感情很好，將他當成親弟弟疼，卻沒想到維克竟然讓培訓館成員當陪襯，拱羅蘭那個小鬼當勇者！

麥冬不甘心，也不服氣。

於是，在旁人拿了錢給他，讓他在培訓館中造謠時，他同意了。

在他看來，那並不是造謠，而是事實！

維克就是偏心羅蘭。

維克就是想要用整個光輝之翼為羅蘭造勢。

維克家裡那麼有錢，光輝之翼不過是他用來花錢玩樂的東西，就算倒了也無所謂！

只可憐了他們這些學員，拚了命的努力訓練，拚了命的表現，卻還是得不到出人頭地的機會！

後來維克察覺到這件事，將他和其他幾個同樣收了錢的學員趕走。

呵，無所謂！

麥冬主動聯繫之前對他有意，想要他跳槽的培訓館，只要對方答應讓他當戰鬥主力，他就加入他們。

麥冬原以為，這個消息一放出去，早就想挖角他的人肯定會聚集過來，卻沒想到，那些看好他的培訓館都不理會他了。

麥冬不認為是自己錯估了自身身價，他認為是維克耍的手段！

憤怒之下，他乾脆向貴族少爺自薦，只要對方願意讓他加入團隊並給他一筆傭金，他願意擔任對方的墊腳石！

——反正都是為他人鋪路，那他寧願當貴族的踏腳墊，不當羅蘭的墊腳石！

更何況，就算是當墊腳石，只要他在《勇者新星選拔營》中表現出色，還是有機會被其他勇者團看上的。

抱持著這樣的想法，麥冬積極地陪伴在貴族少爺身邊，鞍前馬後，不為其他，就只是想要給自己多多爭取直播鏡頭！

他很清楚，即使每個人都有鏡頭，團隊隊長和戰鬥主力的鏡頭肯定是最多、最受觀眾關注的！

「大家注意！現在的時間是上午九點二十三分……」

米婭注意著節目流程，適時地提醒眾人。

「等到了九點半，比賽就正式開始了！我們的評審都在選拔營場地等待各位，而且我們的評審狂刀天王還特地準備了特殊獎勵——初賽第一名的團隊成員，每人可以獲得一件矮人鍛造大師製作的護甲背心！」

聽到是矮人大師製作的護甲背心，所有選手都興奮了起來。

即使是已經出道的資深勇者，也需要奮鬥幾年甚至是十幾年才能買到一件大師級裝備，更何況是現場這些還沒出道的新人勇者！

不管是在初賽獲得第一，或是擁有一件大師製作的裝備，都是能讓他們炫耀好久的事。

「大師級的護甲背心，很貴？」哈瓦拉扯著羅蘭的袖子，好奇地問。

「很貴。」維克替羅蘭回答道：「一般的大師級護甲背心，依照材質用料不同，一件大約在三百萬到五百萬金幣之間，而矮人製作的護甲背心工藝更加精湛，價格要再上加三、四成。」

「……好多！」哈瓦的灰色眼眸瞬間閃閃發亮，「我們一定要拿第一！」

「好！努力拿第一！」羅蘭爽朗地笑著附和。

克拉克爺爺說了，既然他要參選拔賽，那就要好好努力，獲取好成績，要是羅蘭的成績不好，等他回去，克拉克爺爺就要揍他屁股！

初賽的考核很簡單，他一定要拿第一！

02

「嗶——」

九點半整，時間一到，一聲響亮的哨子聲音響起。

「哨音響起了！《勇者新星選拔營》初賽，比賽正式開始！」

主持人米婭以激昂的音量喊著，並向鏡頭前的觀眾描述現場情況。

「好！現在我們可以看到，選手們開始出發了，他們朝著各自的目的地前進，行動迅速……」

「我們可以看到，選拔營的位置位於暮色山脈裡面，要前往暮色山脈有陸路和航空兩種方式，現在選手們分成幾批，一批人跑向航空商港打算搭乘飛船，一批人準備搭乘鐵軌列車，還有一批人是打算租賃車輛和飛船，自己駕駛過去……」

這三種方式有好有壞，鐵軌列車耗時長，路程繞了一大圈，卻可以一路坐到暮色山脈的山腳下；飛船速度快，但是它需要轉乘換車，在暮色山脈附近並沒有停靠的空港；自己駕車或是駕船，行程自由、路線自由，但是途中可能遭遇各種危險或野獸的襲擊。

而且他們並不是抵達暮色山脈就算成功，需要徒步進入山脈，找尋到選拔營的位置才行。

暮色山脈的地勢複雜，又有各種魔獸盤據，進入山脈才是這場考核的開始。

羅蘭他們選擇搭飛船。維克買了船票，看著發船時間還有半個小時，他便拉著羅蘭等成員去空港內設的商店街補充物資。

前來集合前，他們雖然準備了行李，但是因為不清楚考核內容，加上節目組有規定裝備、物資、藥品藥劑的件數，唯一能夠多帶的就是日常穿的衣物，所以他們準備的東西都是自己用慣的武器裝備，以及大多數任務能用上的物資。

誰知道《勇者新星選拔營》這麼勇猛，開場的初賽地點就定在暮色山脈！

暮色山脈的群山有一千多座，環境和地勢複雜，火山、冰原、懸崖峭壁、叢山峻嶺、瀑布深谷、樹海、沙漠都有，危險等級從輕度危險到極危，甚至還有生命禁區！

即使任務並不是讓他們深入暮色山脈中心，只是在邊緣穿行，那也足以讓沒有經驗的新人脫一層皮！

這場初賽淘汰賽任務給了他們七天時間，按照維克的估算，搭飛船前往暮色山脈加上轉車的時間，頂多耗費一天半，剩下的五、六天他們需要穿梭山脈，抵達選拔營的位置……

真是非常有難度！

雖然還不需要緊迫地急行，但要是不小心認錯了路，走岔了，那肯定是失敗收場。

「食物跟水要多買一些，暮色山脈有一些區域是毒區，空氣、河水、植物和野獸都不能碰。」

「暮色山脈有部分區域磁場特殊，指南針和機械類的東西都有可能會被干擾，節目組發的通訊環可能會打不開，我們需要買暮色山脈的地圖……」

地圖一共買了五張，一人一張。

「還要買背包！」羅蘭提醒道：「有些區域的磁場會干擾儲物空間的使用。」

羅蘭的父親曾經說過，自己在暮色山脈遇到特殊磁場，結果東西都放在儲物飾品裡頭，完全拿不出來，而他所在的區域是岩石地帶，沒有植物和動物能吃，差點餓死。

因為羅蘭的父親在描述這些遭遇時語氣極其誇張，讓羅蘭對這件事印象深刻，將它牢牢記住，現在正好派上用場。

「好。」

維克將背包採購加在清單上，又添了方便吃喝的壓縮口糧和壓縮水滴。

「還有什麼要注意的？藥劑要買嗎？」

羅蘭湊上前，看了一下維克的採購清單。

「防蚊蟲的噴劑跟驅蟲蛇的藥囊，這個到暮色山脈那邊買就可以了，我爸說，山脈那裡有一個村莊，村民賣的噴劑、藥囊還有解毒的藥劑很有效……」

「好。」

羅蘭跟維克嘀咕一會兒，最後將採購單一分為二，一部分在空港這裡購買，另一部分等下了飛船再去採購。

在兩人討論的過程中，馬赫、馬雅和哈瓦因為都是新手，沒有經驗，給不出什麼建議，所以直播鏡頭大半時間都是對準了羅蘭和維克，忽略另外三人。

他們對此並不介意，也沒想要爭搶鏡頭的關注。

早在出發前，他們就已經將羅蘭和維克當成隊長和副隊長看待，自己只需要聽命行事即可。

完成任務，通過初賽考驗，進入選拔營才是最重要的。

相較於他們這一隊的和諧相處，其他隊伍可就不是這麼回事了。

團隊討論時，為了爭取鏡頭高聲插嘴、議論、爭執、堅持己見、憤怒、委屈落淚……各種現象層出不窮，彷彿現場並不是勇者選拔比賽，而是某個狗血八點檔連續劇的拍攝。

「嘖！不知道的人看了，還以為這是什麼吵架、爆料的直播現場！」

評審之一，有著「天王」稱號的知名勇者「狂刀」，頗不以為然地撇嘴。

「初賽嘛！開場不弄幾個爭議熱點、炒炒新聞，以後沒熱度了怎麼辦？」

回話的是少見的女性高階勇者「桑德琳娜」，她經營著娛樂公司，專門培養勇者明星，當今有名的幾個勇者男團都是出自她的公司。

「有我們幾個在，還怕沒熱度？」狂刀天王對自己的號召力相當有自信。

「時代不同啦，天王。」桑德琳娜攏了攏波浪長髮，「現在就算沒實力，只要宣傳做得大、人設立得好，就能把人捧成明星。」

相反地，就算實力傑出，沒有進行宣傳推廣，這人很可能會被其他人的新聞埋沒，永遠出不了頭！

「這年頭，訊息流通的速度太快，那些網站平台為了引人注目，還弄了好幾個熱門榜單，上榜的就是被多數人關注的消息，沒上榜的就被瞬間埋沒……」

不知情的觀眾還以為那些榜單是真實的，殊不知，花錢買榜的占了大半。

花錢的得了名聲，平台得了利益，大家互惠互利。

至於那些關注真相的民眾，被淹沒的新聞和人……誰在乎？

「這一隊不錯，竟然知道暮色山脈的磁場奇特，連儲物空間也能干擾。」學者之塔派出的評審「尼爾」看著螢幕笑道。

他指的是羅蘭的團隊。

即使為了收視率，導演會選一些爭執大的團隊放在官網上播放，但也還是會選出一些氣氛和諧的團隊作為對比，羅蘭的團隊氣氛好，團員們個個顏值高，而且還有稀罕的棺族成員，眾多特色也讓導演關注到他們。

「咦？這團竟然有棺族成員，不簡單啊……」狂刀天王提起了興致。

眾所皆知，棺族向來自閉，不喜歡與外人太過親近，也不喜歡熱鬧人多的場合。

現在竟然有棺族願意讓自家孩子參與這一種比賽節目，真是突破了他們對棺族的認知。

「這個團隊是光輝之翼培訓館的人……」

桑德琳娜看著資料，回想著當今知名培訓館中是否有這個名字，卻發現一無所獲。

她又低頭看了其他資料，低聲念道：「光輝之翼來自艾尼克斯勇者小鎮……艾尼克斯？」

她對這個名字就有印象了。

「克拉克大宗師似乎在那裡休養？聽說還收了個小徒弟？狂刀天王見過那位小徒弟嗎？」

狂刀天王是克拉克的弟子之一，理當最清楚這位小徒弟的事。

「前幾年去找師父的時候，見過小師弟一次，他是一個很愛笑、食量也不小的孩子。」狂刀天王回憶著：「我師父對他可滿意了，老是傳訊息跟我誇獎他，還經常要我弄些好食材給他吃，以前他對我們可沒有這麼好！」

「我師父說他是千年難得一見的勇者好苗子，不過成長的過程中被人帶歪了，竟然不想當勇者，把我師父氣得直跳腳……」

想起師父氣得吹鬍子瞪眼的模樣，狂刀天王就覺得好笑。

師父他老人家在年輕時可是被稱為「煞神」的人物，冷漠寡言，性格果決，一言不合拔刀就砍，就算是訓練徒弟，出手也不手軟。

他跟大師兄的出師考核是單槍匹馬團剿魔巢，斬殺一位君王級的惡魔！

雖然如此壯舉讓他和大師兄多了個「斬魔」的榮譽稱號，在個人事蹟上添了一筆榮耀，可是一般的老師哪會這麼喪心病狂啊？

沒想到師父老了以後，脾氣變溫和了，話也變多了，就像是個老小孩，性格比年輕時開朗多了。

03

「那個紅頭髮、叫做羅蘭的孩子就是我師父的小徒弟。」

狂刀天王看著螢幕影像又低頭看了看資料，確定了羅蘭的身分。

「我師父還叫我要嚴格地盯著他，不能放水，要按照高標準要求他。」狂刀天王笑道。

這句話聽起來似乎是要對羅蘭採用嚴格的評審，但是換個角度來看，也是狂刀天王在警告某些人，他會時刻關注自己的小師弟，別想在比賽中對他下黑手。

「哈哈，我很期待你師弟之後的表現。」桑德琳娜笑著接話。

話中涵義也是在向狂刀天王表明，她也會幫著關照羅蘭這個小隊，不會讓人對他們做手腳。

主持人米婭裝作沒聽出他們話中的意思，微笑著觀看直播螢幕。

「現在大部分的選手都已經找到合適的交通工具出發了。」

「我們可以看到，有些團隊一上車就休息，養精蓄銳，準備迎接之後的挑戰；有些團隊在討論後續的行程安排……」

趕路的行程很無趣，沒什麼爆點，直播間的觀眾流量下降不少，即使有大名鼎鼎的評審團坐鎮也無濟於事。

為了留住觀眾，導演請評審團介紹選拔營的環境，說一些自己過往的故事，又請來知名歌手、偶像明星作為飛行嘉賓參與，這才勉強將收視率保持住。

等到選手團隊陸續抵達暮色山脈的山腳下，終於要開始進行初賽的考驗了，導演連忙在網路上做宣傳，收看的人數才又慢慢回升。

暮色山脈是大陸上相當有名的歷練地點，沒有在暮色山脈歷練過的勇者團隊，實力都不會受到認可。

這也是《勇者新星選拔營》節目組將選拔營場地定於此處的主因。

一般民眾都知道暮色山脈很危險，但是裡頭到底有多危險？裡頭的環境到底是什麼樣的？

種種細節，知曉的人並不多。

讓選手們在這裡歷練，觀眾們可以透過選手的角度了解暮色山脈，也是節目組特地設計的看點之一。

其他團隊見到暮色山脈，就朝著山裡頭直衝而去，光輝之翼小隊不一樣，他們在羅蘭的帶領下，來到位於暮色山脈邊緣的一處小村莊。

小村莊座落於樹林之間，周圍有瀑布和峭壁遮擋，出入的通道隱密，沒有熟人領路還真不容易找到。

察覺到光輝之翼小隊的路線不同，導演讓人盯著他們，看看他們會不會有什麼值得登上官方螢幕的畫面。

村子門口坐著幾位年邁的老爺爺和老奶奶，見到陌生來客，眾人一同看向村口處，目光直勾勾地盯著羅蘭等人。

不知道為什麼，光是這麼被看著，竟然讓維克等人產生極大的壓迫感。

隊中擔任治療、體力較弱的馬雅甚至被這股氣場壓制得臉色發白、直冒冷汗。

「爺爺、奶奶，你們好！我們是來這裡買驅蟲蛇的藥的！」

羅蘭像是沒有察覺到氣氛的詭異，笑容爽朗地開口。

「你們怎麼知道我們有賣驅蟲蛇的藥？」

身材乾瘦的老者率先開口，語氣有些凶狠的質問。

「我爸爸跟我說的，我爸爸叫做金斯！」羅蘭坦然地報出名字。

「原來是那小子啊！」

聽到金斯的名字，老者們隨即笑開，籠罩在維克等人身上的壓力也隨之消散。

「原來金斯的兒子都這麼大了啊？」

「難怪我覺得你很眼熟，你長得跟金斯還真像！」

「小伙子，有女朋友沒有？我家孫女長得可好看了……」

「哈哈哈，納伊婆婆，妳怎麼又在推銷妳孫女了？小心被妳孫女知道了，她又找妳打一架！」

「沒事，她打不贏我！」

一群人說說笑笑的調侃，還邀請羅蘭他們小隊進村裡吃飯。

「謝謝爺爺、奶奶！不過我們現在在參加比賽呢！要是不能快點趕到訓練營，我們就會被淘汰了！」

羅蘭向他們介紹了《勇者新星選拔營》比賽，又指了指身上的微型攝影機和飛在天上的機器給他們看。

羅蘭的爸爸跟他說過，小村子裡有許多隱密，不適合對外公開，他這麼做也是在提醒村民，將他們的秘密藏好。

而這個時候，羅蘭他們的鏡頭也被轉移到官方直播螢幕上。

聽到現在正在拍攝，村民們笑了笑，也沒再邀請他們入村，隨口轉移了話題。

「原來是把這裡當成比賽場地了，我就說嘛！明明還沒到狩獵季，前段時間卻跑了一堆人過來……」

「你們要去哪啊？這裡很亂，要是不小心走丟了，就要直接埋在這裡了！」

「我們要去這個地方，你們知道要怎麼去嗎？」

羅蘭點開節目組給的地圖，將目的地指給他們看。

村民們看了幾眼，很快就認出目的地的位置。

「原來是這裡啊！這個地點還行，不算太危險，考驗菜鳥夠了！」

「要去這裡的話，你們可以這麼走……」

身材壯碩的大叔指出一條路線給他們。

「嘖！你讓他們這麼走，不是繞了遠路嗎？」一名大嬸擠了過來，指出另一條路，「要往這邊走，走到這裡拐彎，然後再爬過這裡……這樣不是快多了？」

「去去去，妳指的這條路我也知道，可是這裡是鐵背狼群的地盤，妳讓他們往這邊走，那不是去給那群狼送菜嗎？」

「還說我不懂，你又懂什麼？」大嬸白了對方一眼，「那群狼走了！現在那裡還沒有被其他魔獸占下，現在從那裡走最合適！」

「走了？為什麼走啊？我怎麼沒聽說？」

「上個月有兩頭獸王打架，打著打著就打到了鐵背狼群這裡，把鐵背狼群的地盤打壞了大半，鐵背狼群當然就只能趕緊跑了。」

「原來是這樣，那這條路能走，你們就走這條路吧！」大叔憨厚地咧嘴笑道。

獸王打架過的地方都會留存牠們的氣息，一般魔獸不敢靠近，是最安全的路線。

意外獲得路線情報，維克等人開心的道謝，村民們也樂呵呵。

「你們比賽要加油啊！」

「祝你們拿冠軍！」

「謝謝，我們會努力的！」

等到光輝之翼小隊離開村莊時，他們不僅買到了藥膏和藥包，還得到村民贈送的自製肉乾、醃菜、醬料等食物。

「我來過這裡幾次，都沒發現還有一個小村子。」狂刀天王看著螢幕，頗為好奇地觀察。

「這些村民不簡單！應該是有練過的。」桑德琳娜說出了她的觀察，「剛才去拿藥包的那位老人，他的腳踩在泥土地上，連個腳印都沒有留下！」

就算是三歲小孩，踩在泥土地上都會留下一個淺淺的痕跡，這位老者卻是落地無痕，這可不是一般人能辦到的。

「這個村莊我知道。」尼爾學者推了推鼻梁上的眼鏡，音調平和的說道：「他們世世代代都在這裡生活，是暮色山脈的守山人，對山脈裡頭的各種動靜相當了解，我們以前來暮色山脈的時候，都會先來這個村子打探消息，向他們購買驅獸的草藥包，了解那些魔獸的動向。」

「能被學者之塔看上，這個村莊肯定有它獨到之處。」主持人米婭適時地吹捧一句。

「他們調配的草藥包很厲害。」尼爾學者誇讚道：「我們也曾經買回去研究過，到現在都沒能做出相同效果的草藥包。」

「連學者之塔都研究不出來？」

米婭露出詫異的神情，對這個看起來有些窮困的村子改觀了。

「可惜沒能拍攝到村子裡的環境……」

要是節目能夠深入了解這個神秘的小村莊，肯定會有爆點。

「這個村子是隱世村，沒有人介紹進不去，就算進去了，很多東西也不會對外展現出來。」

頓了頓，尼爾學者又補充道。

「我以前第一次跟老師過來的時候，老師一直叮囑我們，要對村民客氣，要遵守村子裡的規矩，千萬不能犯了他們的忌諱，我還是第一次看見老師那麼嚴肅的模樣……」

尼爾學者婉言提醒節目組不要犯蠢，他們現在可是在人家的地盤上，要是真把村民惹火了，那可就很難收場了。

04

暮色山脈中，古樹參天，蟲鳴鳥叫聲不絕於耳。

行走在濃密的林蔭之間，氣候涼爽舒適，靈敏的小動物躲在暗處窺探，周圍有奇花異草環繞，腳下是暮色村村民開闢的蜿蜒小徑，羅蘭等人不需要尋路、開路，一個個背著背包走得相當輕鬆，彷彿在森林裡郊遊踏青一樣。

樹林裡的景色很美，但是光輝之翼小隊可沒有心思觀看風景，他們還惦記著初賽的第一名呢！

「現在路程已經過半了，說不定我們真的能得第一！」馬赫興奮地咧著嘴，笑得有些傻氣。

「難道你之前沒想過得第一？」走在前方領隊的羅蘭隨口問道。

「沒啊，我哪敢想，這裡可是暮色山脈！而且還有那麼多隊伍一起比賽呢！」

馬赫很有自知之明，羅蘭不提，他和妹妹都只是培訓館的學生，還沒有正式出道成為勇者，雖然也在老師的帶領下接過幾次任務，可是那些任務都是在小鎮附近，地形和環境相當熟悉，他們才能輕鬆完成。

現在這裡可是赫赫有名的暮色山脈。

被稱為「勇者第一道門檻」的暮色山脈！

一堆知名的、沒名氣的新生代勇者都折翼於此，他一個勇者小學生，怎麼敢跟那些人比？

就算現在參與比賽的都是還沒出道的勇者新生，可是沒出道不代表他們沒名氣啊！

「我剛才看到合森圖的『貴族大小姐』、魔龍的『魔獵人杜隆』、暗刃的『刺客庫爾』、泰達希的『黑鴉阿古斯』、蠻腳的『紅牛塔塔』、黑石荒野的『飛羽西麓因』……他們都來了。」馬赫細數著他所知道的厲害人物。

培訓館都會進行交流比賽，哪家培訓館培育出厲害的新人，彼此都會知曉。

「大小姐？合森圖的老闆不是只有三個兒子嗎？他沒有女兒啊！」羅蘭納悶地問道：「魔獵人又是什麼？杜隆他就是一個獵人啊！」

馬赫說的一堆名字中，羅蘭只熟悉合森圖和魔龍，因為他們都是艾尼克斯勇者小鎮的培訓館，是相處許久的小鎮居民。

「魔獵人是指有魔獸當夥伴的獵人。」維克笑著跟羅蘭解釋，「主要是跟沒有魔獸夥伴的獵人做區別。」

「我哥說的那些人都是培訓館的知名學員。」馬雅緊接著說明道：「大小姐是合森圖的學員，今年剛加入的，她是大貴族家裡的大小姐，身邊的隨從和侍衛都這麼喊她，我們也就這麼跟著叫了。」

「那位大小姐可厲害了！她慣用的武器是槍械，那些槍都是跟矮人工匠特別訂製的，一支槍要七十幾萬到一百五、六十萬金幣，聽說她做了十幾把槍替換！」

「她用的子彈是特殊的符文子彈，一顆要一到五金幣，她有好幾箱符文子彈！而且她戰鬥的時候都是『噠噠噠噠』的掃射，簡直就是在灑錢！」

馬雅的雙眼閃閃發亮，滿是崇拜和羨慕。

她也好想要像那位大小姐一樣富有。

「這次的選手都是各間培訓館的精英，一些獨自報名參賽的人，本身也是參加過大大小小選拔賽的賽場選手，經驗豐富，在社會上也小有名氣。」

走在羅蘭身後的維克，一邊調整著呼吸、一邊緩緩說出他事先收集到的情報資料。

「很多人都以為，民間的賽場選手沒有經過專業培訓，應該比不上培訓館的學員，這個觀念並不一定正確。」

「賽場選手不見得就沒有在培訓館培訓過，很可能他們只是因為各種事情，中途中斷了學習，可是這點缺失，他們可以藉由參加各種比賽，在比賽中向其他人學習補足……」

大多數的選拔類節目，都會邀請導師為學員上課，這些課程不見得就會比培訓館的課程差。

羅蘭也同意維克的看法，點頭附和道：「克拉克爺爺說，實戰是最好的老師。」所以克拉克爺爺都喜歡將他扔到魔獸森林或是其他荒郊野外進行訓練！

「奧布里、巴納比、漢克、菲理蒙……這幾個人可以關注一下。」

維克點名了幾位他之前關注的人選。

「他們雖然在其他選拔賽中，沒能進入前十，但是本身的實力很扎實，就只是缺了一點機遇。」

選拔賽中進入前十名的選手，都會跟經紀公司、培訓館和勇者團等勢力簽約，這些人沒能進前十，其中的內幕很多，不見得是他們本身的實力不足。

隊員們相當信任維克的話，他說要關注，那他們就一定會關注。

「維克哥，你說的那幾個人長什麼樣啊？」

羅蘭點開通訊環，翻出選手介紹頁面，上面有參賽選手團隊的名字、照片、培訓館名稱和個人履歷。

「先不急。」維克制止了他，隨手調整了一下背包的位置，「等初賽結束後，我會把整理好的名單發到小隊群的資料夾，你們再下載下來看。」

維克待在飛船上時，已經整理好一份需要關注的名單，只是現在初賽都還沒完成，比賽中總會有各種意外發生，說不定被看好的種子選手會因為意外因素淘汰，而不被看好的也有可能成為黑馬，脫穎而出。

一切還是要等到初賽結束後再說。

「翻過前面這座山，是不是就要到了？」

馬雅抹去臉上的汗水，回想著當初暮色村村民給的路線圖問道。

「對。」維克停下腳步，撐著腰，喘了口氣，「翻過山之後，就會看見一座大湖，任務目的地就在湖邊。」

「維克哥，你還好嗎？」羅蘭看著維克，又看了其他隊員，「大家的體力都還行嗎？要不要休息一下？」

「不用，我還可以。」維克雖然覺得疲憊，但還是拒絕了，「我們這一路走得這麼順利，是因為暮色村村民的指點，讓我們避開許多魔獸，我們得到這麼好的機會，要是不努力一點，爭取拿下第一名，那就太對不起暮色村的人了。」

「副隊說得對！」

雙胞胎兄妹第一個響應，氣勢高昂地舉手。

「大叔、大嬸幫了我們這麼多，我們一定要拿下第一！」

一直保持沉默的哈瓦也堅定地點頭。

「我要護甲背心！」

「那我們就繼續走吧！」

見眾人的想法一致，羅蘭點點頭，繼續走在前面領路。

又過了一個多小時，眾人終於靠近獸王戰鬥區域的邊緣。

僅僅只是邊緣地帶，眾人就感受到一股屬於獸王的威壓，就連空氣也彷彿變得沉甸甸地。

周圍極其安靜，聽不見蟲鳴鳥叫，原本路上還能見到的各種動物和魔獸，目前也是完全銷聲匿跡。

就如同暮色村村民說的，這裡有獸王的戰鬥氣息殘留，沒有魔獸敢靠近。

「大家都還好嗎？」看著隊員發白的臉色，羅蘭關心地詢問。

「我、我動不了。」馬赫顫抖著聲音說。

「我腿軟，走不動。」馬雅硬撐著不讓自己跌坐在地。

要是真的坐了下去，她不知道自己還能不能站起來。

「我還好。」維克調整著呼吸，試圖讓自己快點適應。

「……」哈瓦幽幽地看了羅蘭一眼。

眼神彷彿在問：你覺得我像是沒事的樣子嗎？

羅蘭搔搔頭，有些苦惱。

他在魔獸森林跑慣了，認識不少王級魔獸，甚至還跟魔獸森林的「王」相處過，獸王殘存的氣息對他並沒有影響。

只是其他人就不同了，他們都是第一次接觸到這麼強悍的氣息，被震懾的完全動彈不得。

「對了！」

羅蘭像是想起什麼，連忙從儲物空間中取出一條一指寬的編織手環。

他將編繩手環拆開，變成八條細繩子。

「來，一人一條。」

羅蘭將繩子塞入隊員手中，剩餘的收回儲物空間裡。

繩子入手後，維克等人身上的壓力一輕，並恢復了行動力。

「這是什麼？」

「剛才那種像被大山壓著的感覺全沒了！」

眾人驚訝地看著手裡的繩子。

細繩的直徑約莫二毫米寬，顏色是青草色，看起來相當尋常。

然而，這麼一條普普通通的繩子，竟然可以抵禦獸王的威壓？

究竟是什麼神奇的繩子啊？

「這是朋友送我的，聽說是一種植物的葉片，可以抵禦魔獸的氣場和精神衝擊，因為它的葉片形狀很特別，像繩子一樣，所以名字叫做……嘿嘿，我忘記名字了。」

重要關頭，羅蘭摸著頭髮，咧嘴傻笑。

「……」

等待著答案的隊員和直播間的評審、觀眾全都無語了。

這種說話說一半的情況，就像看警匪片看到最後，警察卻差了一步沒能抓到罪犯一樣，實在是讓人很鬱悶啊！

第二章 《勇者新星選拔營》初賽第一名！

01

雖然不清楚來歷，但是隊員們都知道這條繩子是好東西，紛紛將它綁在手腕上。

而官方的大螢幕前，求知慾強烈的尼爾學者湊近了畫面，努力辨識那繩子是什麼東西。

「竟然能夠抵禦獸王的威壓，這繩子很神奇啊！狂刀天王知道是什麼植物嗎？」主持人米婭詢問道。

「不知道，我沒見過這種東西。」狂刀天王搖頭。

「那、桑德琳娜勇者知道……」

「不知道，我同樣也沒見過。」桑德琳娜風情萬種地撥了撥頭髮。

主持人看了一眼尼爾學者，發現他面露思索，便又再問了一遍。

「這東西看起來很眼熟，我似乎在古籍上見過，只是一時想不起來……」

尼爾學者皺著眉頭，也不管現在是在直播中，直接撥打通訊，聯繫了自家老師。

「老師，我見到一種植物，它的葉片是繩子模樣，能夠抵禦獸王的威壓……」

「您也在看直播？那您知道它是什麼東西嗎？」

尼爾學者安靜了幾秒，聽著老師的回覆。

「那植物叫做『聖祐繩葉』……已經絕跡五百多年了？」

尼爾學者複述著老師的話，驚愕地瞪大雙眼。

「等、等等，老師，如果已經絕跡，怎麼他還有……」

「嗯嗯！是、好，我等他抵達培訓營以後，再問他願不願意販售，或者請他告訴我聖祐繩葉的生長地……」

等尼爾學者跟老師的通訊結束時，主持人米婭抓緊機會詢問聖祐繩葉的資訊。

「我相信很多人都跟米婭一樣，都是第一次聽說聖祐繩葉的存在，可以請尼爾學者為我們介紹一下聖祐繩葉嗎？」

「我對聖祐繩葉的了解不多，只知道它是一種相當神奇的植物，只要戴上它，就能抵禦大多數的魔獸威壓，還可以抵禦精神類法術的攻擊。」

「不過它主要的作用並不是針對魔獸，而是對抗深淵惡魔和魔域惡魔！」

意外發現聖祐繩葉，讓尼爾學者激動無比，雙眼閃閃發光。

「對抗惡魔？」米婭掩嘴驚呼，「那樣一株小小的植物竟然可以對抗惡魔？」

「是的，它能夠發散出一種讓惡魔虛弱的香氣，這香味可以驅逐低等惡魔和清除感染的魔氣，而它的汁液可以清除惡魔的毒素！」

「古時的勇者和冒險者在前往魔域、深淵或是一些惡魔存在的危險地帶時，都會帶著它一同前往。」

「在惡魔入侵的大戰中，聖祐繩葉更是被當成護身符和救命藥，被大量摘採，過了那段黑暗時期後，聖祐繩葉也成了瀕臨滅絕的物種，價格也翻了千倍、萬倍……」

說到這裡，尼爾學者嘆息一聲，臉上的激動神情也消退了。

「眾所皆知，一樣物品只要價格飆高，就會有更多人趨之若鶩的收集，更何況聖祐繩葉又是這麼頂級的保命物品，所以聖祐繩葉就被摘採到滅絕了。」

「難道就沒有人想過培育它嗎？」主持人米婭問出大多數人心中的困惑。

「有，許多人都想要培育它，但是都沒成功，因為聖祐繩葉的生長條件很嚴苛，它的幼苗很脆弱，需要在最純淨、光系能量充足的環境中生長。」

「如果只是這樣的環境，就算造價高昂一些，應該也能製造出來吧？」米婭困惑的發問。

「是的。」尼爾學者贊同的點頭，「我們學者公會曾經就打造出這種環境，在我們公會的研究紀錄上都有記載。」

「只是後來發現，光是這麼做還不夠，因為聖祐繩葉到了成長期時，還需要一種特殊物質促進生長，前輩們研究多年，到現在都沒能查出這個特殊物質是什麼……」

聽完尼爾學者的介紹，觀看節目的觀眾們對這聖祐繩葉更心動、更想要了！

當下就有貴族和富商聯繫上節目組，希望能夠透過節目組向羅蘭購買他手上的聖祐繩葉。

節目組沒有一口應承，只說會幫忙傳話，畢竟羅蘭也不是沒有背景的小人物，光是檯面上的靠山就有克拉克大宗師和狂刀天王，誰知道暗地裡還有沒有更厲害的強者？

畢竟羅蘭可是說了，那聖祐繩葉是「朋友送他的」，能夠送出這種稀有珍寶的人，會是一般人嗎？

要是這些貴族憑著權勢強買強賣，把人家背後的靠山招來……

那就有趣了。

「嘖嘖！現在勇者都娛樂化了，一些人似乎忘記，勇者是可以屠魔斬龍和殺人的！」

導演掛斷通訊，露出嘲諷的冷笑。

過往可是曾經發生過，有某位勇者受到某國國王的壓迫和追殺，家族被滅，勇者瞬間黑化，屠了整個王室，顛覆政權！

也不曉得那些想要「奪取」聖祐繩葉的貴族，家裡人夠多嗎？夠殺嗎？

導演私下將貴族想要收購聖祐繩葉的事告訴了狂刀天王，後者笑了笑，向導演道謝一聲，也沒說他會怎麼處理。

事後，導演聽說，一些暗中對羅蘭出手的人，家族的產業都遭到了各種打擊，家業瞬間縮水大半，有些貴族甚至被國王削減爵位。

對於那些紙醉金迷、窮奢極侈、不事生產的貴族們來說，降低他們的地位、斷了他們的財源就是最刻骨的懲罰。

導演摸著下巴，直覺認為這個光輝之翼小隊往後肯定還有其他爆點，說不定會成為

《勇者新星選拔營》的流量密碼！

他叮囑負責拍攝光輝之翼的副導演，一定要多多關注這個隊伍的行動，一有特殊動靜就通知他。

羅蘭等人並不清楚自己已經被導演特別關注，他們舒舒服服地在獸王的戰場睡了一覺，隔天精神百倍地啟程出發，前往初賽的目的地。

一行人爬上最後一座山，站在山頂上眺望目的地，看見底下的湖泊時，馬赫興奮地大叫。

「看到湖了！看到湖了！我們終於到了！」

「你們看！湖上面有東西！好像是一座島！」

馬雅指著漂浮在湖面上的巨大物體說道。

「那是……」

維克拿出望遠鏡，仔細地觀察一番後，才震驚地說出這座「島嶼」的名稱。

「滅靈三代！」

「幽魂沼地的空中堡壘！」

後一句是羅蘭說的。

羅蘭和維克的話，正好組成一句完整的來歷。

——來自幽魂沼地，名為「滅靈」的空中堡壘。

幽魂沼地是一個惡靈和暗屬性魔物群聚的地區，那裡長年陰冷、潮濕，地表的土壤用手一戳，就能戳出一個小噴泉來。

日夜溫差相差十幾、二十度，而且白天的最高溫也只有十二、三度，入夜後的溫度直達零度以下，所以那裡的夜間總會下雪雨，不少長期駐守當地的戰士都患有風濕病，戰鬥後的傷口也總是痊癒緩慢。

因此，駐紮在此的學者、鍊金術師和鍛造師們，研發出一款可以長時間漂浮在空中的空中堡壘，一來可以保護戰士們的身體健康，二來可以減少怪物的偷襲。

「我記得，滅靈三代堡壘在前年退役了，換成第四代滅靈堡壘服役……」維克自言自語地說出他知道的情報。

「現在這個堡壘出現在這裡，該不會……」

馬赫想到其中的可能，臉瞬間激動漲紅。

「不會要用滅靈三代作為訓練營吧？不會吧！這是真的嗎？我們以後可以住在滅靈三代裡面？」

雙胞胎馬雅接下他的話，同樣是滿臉的難以置信。

「快！我們現在就過去！」羅蘭興奮地抱起維克，飛速地衝下山。

馬赫和馬雅也快步尾隨其後。

「……」棺族哈瓦茫然地眨眨眼，疑惑地看著隊友們的背影。

他對於空中堡壘並沒有其他人激動，不過其他人都跑了，他當然也要跟上。

哈瓦坐上棺材，指揮著棺材往山下飛去。

02

雖然湖泊近在眼前，但也只是看起來近，實際上，羅蘭一行人還是花了兩個多小時才抵達湖岸邊。

「恭喜編號七十七號的光輝之翼小隊第一個抵達！」

主持人米婭用興奮和高亢的音調恭賀道。

「光輝之翼小隊將會獲得由矮人鍛造大師製作的護甲背心，每人一件！」

「初賽獎品是由狂刀天王提供的，請為光輝之翼小隊頒獎！」

「來，請光輝之翼小隊成員來狂刀天王面前領獎！」

光輝之翼小隊成員緩了緩氣息，笑嘻嘻地走向狂刀天王。

「恭喜你們。」

狂刀天王笑得和藹，將禮物遞給他們時，節目組適時地播放出歡快的音樂，烘托現場氣氛。

隊員們漲紅了臉，激動又興奮地收下了獎勵。

雖然他們身上有金色閃耀商會贊助的裝備，但是裝備這種東西當然是越多越好了。

「我、我們可以穿上嗎？」馬赫一臉期盼地問。

「當然可以，獎勵是你們的。」狂刀天王爽朗地笑道。

聽到狂刀天王的回答，眾人開心地拆開包裝，拿出護甲背心。

護甲背心是暗古銅色，質感輕薄柔軟，表面有著啞光金屬質感，尺寸是統一規格。

成員們將它穿上身後，護甲背心會自動收縮、放大，貼合穿者的身形曲線。

「嘿嘿……真好看！」馬赫咧嘴笑著，笑得有些傻氣。

「這背心質料真好！款式也好看！上面還有花紋！」

馬雅珍惜又興奮地摸著身上的背心，嘴裡嘰嘰喳喳地嚷嚷。

「不對，這個是符文。」維克糾正道。

「喔喔喔！對！符文，老師有教過，矮人鍛造師都會用符文附魔和強化武器！嘿嘿嘿，我第一次看見符文，它可真好看……」

他們出身窮困，即使一家人都很勤勞，收入也只是普普通通，勉強維持三餐溫飽，逢年過節連一件新衣服都買不起。

要不是馬赫、馬雅資質不錯，簽約成為光輝之翼的學員，他們也沒辦法擺脫原本的貧困命運。

即使前來這裡參加比賽，他們對於自己的前途也是迷迷茫茫。

前輩和老師口中說的，當上勇者後就能賺大錢、能成名、能獲得各種好處，聽起來太過虛幻，他們想像不出來。

就像乞丐無法想像皇帝吃的食物一樣。

現在拿到初賽獎勵了，雙胞胎這才有了一點真實感。

這麼好的東西，就算他們全家辛苦工作一輩子……

不，就算工作十輩子都買不起！

而他們卻只是在初賽中獲得勝利就得到了。

「……感覺像是在作夢一樣。」馬赫喃喃低語。

「啊？哥？你說什麼？」一直沉浸在興奮狀態的馬雅沒聽清楚，隨口問了一句。

「就只是覺得……這樣真好。」馬赫咧嘴笑著，眼眶卻微微泛紅。

「對！真好！」

雙胞胎的心有靈犀，讓馬雅了解馬赫現在的情緒，她也跟著紅了眼眶。

以後他們和家人都會越過越好的。

原本對未來迷茫的雙胞胎，此時堅定了信念，在《勇者新星選拔營》中拿出極大的毅力，拚了命的學習、鍛鍊，奠定日後的優秀基礎。

這場初賽，也成為他們改變人生的轉折點。

光輝之翼小隊領了獎後，就狂刀天王的帶領下，登上空中堡壘，而主持人米婭則是繼續留在湖邊，等著下一批通關的學員到來。

後面抵達的小隊不需要頒獎，自然也不需要評審在那裡等候。

在導演的示意中，狂刀天王帶他們參觀空中堡壘，也順便跟鏡頭前的觀眾介紹空中堡壘的各種資訊。

「這是滅靈三代堡壘，前幾年剛退役的。」狂刀天王慢悠悠地說道：「雖然退役了，但也只是不能在前線使用，給一般民眾用還是綽綽有餘的。狂刀公會就買了一台滅靈三代堡壘作為行動基地。」

「哇喔……」

光輝之翼小隊齊齊發出驚嘆。

就算他們不清楚物價，也知道要買下這麼一座堡壘，花費的錢肯定是一個驚人數字！

現在的狂刀天王在他們眼中，就像一個全身散發著金錢光芒的大富豪！

狂刀天王不知道他們在想什麼，但也知道自己說出這話後造成的效果。

他加入這個勇者選拔節目的目的，一是為了替自家公會找尋好苗子，二是想要提高公會名氣，好讓狂刀公會能有更多勇者新血加入，所以有宣傳的機會，他自然不會放過。

懷有這種想法的人不只是他，所有評審和來賓都是抱持著宣傳、增加自己和所屬勢力的名氣而來。

要不是看上這點及節目組給予的酬勞，他們才不會來當這個勞心勞力的評審。

有閒暇的時間，帶隊去探索秘境、尋寶不是更好嗎？

「前面是廣場和任務發布廳，左邊這區是工坊、右邊是商業區。」

「工坊可以免費使用，你們可以來工坊製作自己需要的物品，商業區販賣生活用品和各種材料、物資，武器和藥劑也能在這裡買到。」

「為了提高大家的積極性，節目以積分為交易媒介，上課、吃飯、購物都要用積分進行……」

「請問狂刀天王，要是沒有積分呢？」維克問出許多觀眾心底的問題。

「比賽和任務都會給予積分獎勵。」狂刀天王解釋道：「你們看一下通訊環的『積分』頁面，你們在初賽中獲得冠軍的積分獎勵應該已經入賬。」

羅蘭等人紛紛點開光屏螢幕，原本空白的頁面上，多出一行資訊：

——光輝之翼團隊贏得初賽冠軍，團隊可以獲得五萬積分。

「五萬積分？那可以買多少東西啊？」

因為在節目中，積分相當於交易媒介，還牽扯到未來的團隊發展，光輝之翼小隊成員全都精明了起來。

狂刀天王很滿意他們的敏銳度，點頭笑答。

「選拔營很慷慨，一積分等於一銀幣。」

一銀幣相當於一百銅幣，而一塊加了牛奶和砂糖、能讓人飽腹的白麵包，也只要十五銅幣到二十銅幣左右。

光輝之翼小隊都不是不食人間煙火的人，他們很懂得生活和生存，一下子就明白了手上的積分價值。

「好多……可以買好多東西！」馬雅雙眼發亮。

「在比賽結束或是團隊被淘汰時，要是團隊的積分沒有花完，可以換成金錢，或是在堡壘上的商業區進行最後的採購。」

頓了頓，狂刀天王又提醒道。

「要是沒有急迫的經濟問題，我會建議你們不要直接換成金錢，因為商業區販賣的材料和各種物資，價格都比外界低，在這裡採購物資會比外界划算，這也是選拔營給參賽選手的福利。」

就算不缺這些資源，在商業區進貨拿到外面賣，雖然會花費點時間，但是賺到的錢會更多。

狂刀天王的潛在意思，維克聽出來了，其他人則是迷迷糊糊的，半懂半不懂。

「除了比賽之外，節目組會不定時的發布各種任務，大致分為考核任務和日常任務。考核任務都是必須執行的，這個涉及到你們的比賽評分，日常任務就是一些協助、製作、收集材料的任務，這種可以自由選擇，想賺積分的就多接一些，不想賺積分也可以不用接。」

一行人走過了前面的區域，來到了堡壘的後半部。

這一區的建築物都是重新裝潢、整修過的，看起來嶄新明亮。

「這邊是居住區和醫療區，看到那些紅色屋頂、紅色窗框、紅色大門的白色房子沒？那裡就是醫療區，以後受了傷就過去治療。」

「其他的木屋就是你們的住所，每棟屋子都有門牌，按照初賽的通關順序居住，你們是一號房……」

提供給選手們居住的宿舍是兩層樓式房屋，房屋門口放著幾盆長方形盆栽點綴，還自帶一個小草坪。

屋內一樓是公共區域，有客廳、廚房和兩間衛浴室，二樓就是成員的臥室了。

臥室一共三間，內部空間很寬敞，布置了兩張單人床、兩張書桌和兩個衣櫃，明顯是雙人房。

基於棺族的怕生屬性，哈瓦便單獨住一間房，馬雅跟馬赫同住，羅蘭跟維克搭檔。

在他們歸整好行李後，堡壘上也漸漸有了其他人的動靜，是後續的隊伍陸續抵達了。

《勇者新星選拔營》的初賽結束了。

通過初賽的小隊一共兩百七十八隊，不少賽前被看好的大熱門都因為各種原因和意外落選，也有部分默默無聞的黑馬闖進了初賽名單中。

叛徒麥冬所在的團隊並沒有闖過初賽，這讓馬赫和馬雅非常高興，心底的鬱氣都散開了。

光輝之翼小隊的房屋旁邊多出了兩隊鄰居，分別是第二名的「奧布里團隊」和第三名的「暗刃團隊」。

奧布里本身參加過幾回勇者選秀節目，雖然都有進入決賽，但是名次都不高，這次他和他率領的奧布里團隊竟然成為初賽的第二名，著實令人訝異。

而第三名的暗刃團隊本就是熱門團隊之一，暗刃是一個全員刺客的團隊，刺客的行動敏捷，在各種場所都能夠進行潛伏任務，能在初賽中脫穎而出也不奇怪。

前十名的隊伍被單獨劃分一個小區居住，住處環境是最好的；第十一名到第五十名是另一個居住區，之後便是第五十一名到一百二十名，第一百二十一名到最後一名……

名次越低、住處環境越小。

前十名的小隊宿舍自帶院子，次一級的小區只剩下門口有一塊小空地，再來連小空地也沒了，更後面的是一棟屋舍兩支隊伍共享，下一級是一棟屋舍四支隊伍共享，之後就成了貨真價實的學生宿舍，一支小隊住一間臥室，床鋪還是上下層的。

不只是住屋環境有差異，就連餐廳供應的餐點也分成五個等級。

身為「特級」的前十名可以隨便吃，還可以額外點餐；「一級」的餐點十菜一湯，並附餐後飲料、點心和水果；「二級」八菜一湯，並附餐後飲料和水果；「三級」為六菜一湯，並附餐後水果；「四級」僅僅只有四菜一湯，沒有餐後福利。

要是想要加餐，需要自己另外付費。

幸好餐廳廚師給餐的分量充足，而且米飯和麵包可以吃到飽，不然排名靠後的選手光是吃飯就要花費一大筆積分。

初次參加這種比賽的羅蘭，對於「階級劃分」制度有些驚訝，卻也適應得很好。

他出生的環境和接受的教育，都在灌輸他「實力至上」和「適者生存」的想法，有什麼樣的實力享受什麼樣的資源，他覺得很正常。

而且他身邊的人，諸如克拉克爺爺、維克和勇者小鎮的居民，都最討厭那些打著挑戰、競技名義，結果卻在節目中賣弄各種苦情戲，說選手有多苦多努力，還刻意營造「你好我好大家好」的友善氛圍……

並不是說友善不好，羅蘭也喜歡結交朋友，也想要在比賽中認識新朋友。只是那些選秀節目營造出的氛圍太虛假，讓他很不喜歡。

明明看不上對方，明明想將人踩在腳下，卻還要在鏡頭前裝出「我們都是好朋友」的模樣。

嘖，以為觀眾眼瞎？沒看出你們的笑臉有多僵硬？眼底的忌妒和厭惡都快要溢出來了好嗎！

《勇者新星選拔營》的形式就很好，明明白白告訴選手和觀眾，你們就是來競爭的，是來比賽的，不需要玩「你好我好大家好」那一套，多好！

「合森圖的團隊在七十五名，泰達希團隊二十六名，蠻腳團隊運氣不好，迷路了，成績跑到一百五十三名，黑石荒野沒進初賽名次……」

「巴納比在二十四名，菲理蒙團隊是第七名，漢克團隊運氣不好，闖進魔獸群的領地，差點全員覆沒，最後退賽了……」

光輝之翼小隊看著初賽公告的名次列表，逐一找出他們的熟人和看好的競爭對手。

「目前大致就是前二十名還有剛才列出的團隊要多加留意，有機會就多收集一些他們的資料。」

將需要關注的團隊列表後，維克說著之後的規劃。

「選拔營發的行程表你們看了嗎？」

「看了。」眾人點頭。

「嗯。」維克緊接著說出他的想法，「還有半個月才會進行複賽，這段期間，選拔營會開放學習課程，有的是免費的公開課，有的課程需要支付積分上課，節目組請來的老師都是相當厲害的專業人士，這是很好的學習機會，大家一定要把握……」

「沒有課程的時間就去做任務賺積分，這裡用到積分的地方很多，積分會影響我們在節目中的表現和比賽成績，一定要多賺一點。」

「我看了節目組發的第一批任務單，團隊任務的積分比個人任務高，只要跟課程不衝突，我們可以盡量接團隊任務。」

「我們要以課程為主？」

聽出維克話中的意思，羅蘭再度確認道。

「對。」維克篤定的點頭，「我知道大家都想要在比賽中得到好成績，可是我個人覺得，學習比成績重要。」

在勇者這一行，需要學習的事情太多了，但是沒有門路，就算花了錢，老師也只會教你一些基礎知識，一些需要經驗的訣竅根本不會告訴你。

光輝之翼培訓館雖然一直都在跟其他培訓館交流，但是學到的東西有限，維克希望小隊成員可以在這裡學到最新的知識，往後將這些知識帶回培訓館，成為光輝之翼的養分，讓光輝之翼的學員可以成長得更好。

隊員們對於維克的提議並不反對，即使他們想的沒有維克那麼多，但是成長經驗也告訴他們，技多不壓身，多學一些總是好的。

「當然啦！也不是說將比賽放著不管，畢竟我們要是能在這裡待得越久，學到的東西也就越多……」維克補充說道。

而且他也不認為，學習會對他們的比賽成績造成阻礙。

學得越多、底蘊越是充足，他們面對競賽就更能夠游刃有餘。

決定好之後的策略後，幾個人點開課程表單，看著琳瑯滿目的課程嘀嘀咕咕，討論著該選擇哪一種。

因為積分充足，他們每個人都選了三種自己喜歡的課程，免費的公開課更是一堂都沒打算錯過。

節目組將公開課安排在每天早上的第一堂課，需要付費的課程則是往後安排，減少眾人又想去積分課、又怕錯過公開課的情況。

公開課都是基礎課程，直播間的觀眾也能一同觀看，而積分課程會進行直播屏蔽，不公開給外界觀看。

觀眾們紛紛提出抗議，節目組冷笑一聲。

開什麼玩笑，這些課程可都是教學老師多年的經驗和心血結晶，要是放在外界，一堂課就要七、八萬金幣的學費才能學習，怎麼可能讓觀眾們免費觀看，甚至還錄像傳播？

人家老師不用賺錢啊？

當然啦，為了不被抓住機會抹黑，節目組還是發出一則公告，表明這是那些老師同意在節目中授課的要求，畢竟他們平常也是教學老師，靠著教學的工資維持生計，總不能來上一次節目以後，就把老師們的經濟來源給毀了吧？

對於節目組的公告，大多數人都是贊成的，只有少部分懷著其他心思的人繼續爭論。

「初賽第一的小隊是誰啊？完全沒聽過！」

「這個小隊看起來也不厲害啊！該不會是節目組有黑幕吧！」

「我去查了一下，這個光輝之翼小隊來自一個偏僻的鄉下小鎮，這種小鎮你跟我說會出現頂尖的勇者？呵！」

「奧布里我知道，他經常參加各種選秀節目，可是成績都不好，這樣的選手在選拔營竟然可以衝進第二名？節目組是將觀眾當傻子是吧？」

「第一名是鄉下團隊，第二名是選秀節目的陪跑選手，嘖嘖！節目組的劇本誰編的啊？是想要走草根角色逆襲劇情嗎？」

「哪來的逆襲？他們一開始就排第一第二了，是走爽文劇本吧！」

「不看了、不看了！一看就知道是想要捧這個光輝之翼小隊！噁心！」

對於這些抹黑，節目組挑了一批潑髒水潑得最厲害的發出律師函，直接告上法院。

而在暗處攪風攪雨的幕後黑手則是記上黑名單，往後節目組和評審、來賓的旗下企業，將會拒絕跟黑名單上的人合作。

懲罰看似不嚴重，但是評審和來賓都是來自各行各業的佼佼者，也就是說，人家只要放話出來，你就等於被業界封殺。

對公司和勢力組織而言，這可是極大的打擊！

對於這些紛紛擾擾，光輝之翼小隊完全不知情，他們正在努力學習。

羅蘭等人如同海綿一樣，努力吸收著教學課程，白天上課、做任務，晚上回到宿舍後，即使一身疲憊，他們也會先複習今天學到的課程，每個人都相當有拚勁。

04

光輝之翼小隊埋頭學習，而其他小隊則是到處打探光輝之翼的情報。

當他們得知光輝之翼小隊來自偏僻的鄉下勇者小鎮時，紛紛感到詫異，一些擅長陰謀詭計的人，腦中瞬間浮現出「黑幕」、「節目組力捧」的想法。

「想太多了！這個選拔營又不是那些選秀綜藝！那些節目是娛樂性質的，這個玩的是真材實料！」

餐廳裡，聽見旁人議論的暗刃隊員們嗤之以鼻。

要是論起玩陰謀詭計，他們或許比不上他人，但是論起情報收集，他們絕對是頂尖的。

刺客的主要工作就是深入敵後，打探情報、斬首重要人物，這是他們的拿手本事。

在參加《勇者新星選拔營》之前，暗刃小隊就打聽過了，這個節目是由想要改變勇者界現況的大人物主導，秉持「實力至上」、「你行你上」的作風，不搞娛樂圈那套。

要不然，奧布里的團隊也不可能衝進第二名。

奧布里本身就有相當的實力，他所屬的團隊是一個中型勇者團隊，執行的任務都具有一定難度，在勇者界也是頗有名氣。

只是因為前任團長和前前任團長屬於傳統派人士，秉持「酒香不怕巷子深」的原則，不肯進行宣傳推廣，對新人訓練也是以打磨為主，沒有磨個幾年絕對不會放出來執行任務，導致被一些善於宣傳的明星勇者團隊搶了不少風頭，團內一些自覺有能力、想要迅速成名、賺快錢的團員也跟著跳槽了不少。

一個中型團隊竟然因為缺乏宣傳、行銷而差一點被搞垮！真是荒謬至極。

後來還是現在接任的團長力挽狂瀾，開始跟上宣傳的腳步，將團隊內正在培育的新人都派去參加勇者選秀節目。

這個想法的出發點是好的，只可惜那些被派出的新人大半受到利益的誘惑，在選秀節目中表現出色後，紛紛跟更有名氣、更有錢的公司簽約，也跳槽了。

自家田裡培育的幼苗就這麼沒了，換成其他人肯定氣得直跳腳。

不過這位團長可不生氣。

一來是這些新人培育的時間也就一兩年，他們觸及不到勇者團的核心，跳槽也不會洩漏勇者團的內部情報，而且跳槽的人都要賠償一筆違約金，這筆錢正好讓團隊的經濟狀況得以紓解，一舉兩得。

二來，這些人一走，團長也能看出哪些人對團裡忠誠、哪些人品行不行，正好給團隊做一個篩選。

奧布里是團長的小兒子，天賦出眾，訓練勤勉，是被看好的勇者好苗子。

他在那些選秀節目沒辦法拿到好名次，是因為他沒跟那些公司簽約，在進入決賽後就被動手腳刷下來了。

而現在，《勇者新星選拔營》一切以實力為主，奧布里和他的團員配合默契、實力出眾，當然就進入第二名了。

至於被認為是節目組力捧的光輝之翼小隊，暗刃等人也打聽過了，人家雖然是來自偏鄉小鎮，可是艾尼克斯勇者小鎮能是一般的鄉下小鎮嗎？

艾尼克斯勇者可是被記入歷史書冊的大人物！

艾尼克斯勇者小鎮鄰近魔獸森林，能在魔獸森林旁邊居住，還把生活氛圍維持得平淡和樂的，能是普通人？

艾尼克斯小鎮的居民，臥虎藏龍的可是一大堆。

之前他們就聽說，有個囂張的冒險團隊將小鎮居民當成普通人欺負，結果整團人反被小鎮居民打了出去。

要知道，那個冒險團本身也有一定實力，團隊成員數足足有兩、三千人，團裡有高級戰士坐鎮，背後還有貴族充當投資人和靠山。

要不是有權有勢有背景，這個冒險團也不會那麼囂張，欺男霸女、殺人放火，搶劫勒索的事情他們都做！

完全是冒險者圈子裡的毒瘤！

然而，這樣的冒險團竟然在艾尼克斯勇者小鎮碰壁，那位高級戰士被小鎮居民擊敗了！

而且那位高級戰士還不是跟人戰鬥、廝殺好一會才倒下，而是幾個拳頭就被擊倒了！

那位撂倒高級戰士的，據說是一個家裡開燒烤店的中年男子，樣貌憨厚，完全看不出高手風範。

在領頭人倒下後，冒險團成員紛紛想為老大報仇，想要圍毆那名燒烤店老闆，卻被一群大叔大嬸、爺爺奶奶拿著鍋鏟、掃把、木棍等揍得屁滾尿流，狼狽地逃出了小鎮。

消息一傳開，不少人都震驚了。

狼狽逃離的冒險團當然想要報復，但還沒等他們採取行動，冒險團就開始出現各種問題，先是任務被搶、團員頻繁受傷、莫名其妙的倒楣，而後顧客不再找他們發任務，投資人也紛紛撤資，一部分商會對他們進行封殺，不販售物資給他們……

不到半年時間，諾大一個中型冒險團就這麼滅了。

雖然沒有證據證明是艾尼克斯勇者小鎮的人做的，但是暗刃冒險團和各方勢力都對這個小鎮加了註記，要手下成員友好相待，絕對不能招惹。

「我打探了光輝之翼的情報。」奧布里看著自家隊員緩緩說道：「他們的副隊長維克是光輝之翼培訓館老闆、金色閃耀商會老闆的兒子，曾經跟隨多位資深學者學習，實力強大、知識豐富，其他幾個都沒什麼名氣……」

身為第二名的奧布里，自然會在意贏過他們的第一名。

《勇者新星選拔營》不像那些選秀綜藝，是一個秉持公正的比賽，他希望能在這項難得的比賽中獲得冠軍，為自家的勇者團揚名。

「要什麼名氣？」高大結實的棕髮青年大咧咧地回道：「他們有棺族就夠了，還要什麼名氣？」

那可是非常神秘的棺族耶！有他在，還怕沒人關注？沒有名氣？

「我們要不要去認識他們啊？多個朋友多條路，我感覺他們不錯。」

留著俐落平頭、裝扮偏向男性化的女戰士「諾娃」笑嘻嘻地問。

別看她的外型和行事作風偏男性化，其實她的心思細膩敏感，對人的善惡感知清晰，她曾經在課堂上見過羅蘭等人，也跟他們閒聊過幾句，對光輝之翼小隊的感覺不錯。

在許久以前，娛樂產業還沒有這麼發達時，勇者圈其實也有自己舉辦的各種競賽活動，參賽的勇者在競爭當中，面對優秀的競爭對手，他們會坦然地認可，在時機適當時，他們還會主動跟對方合作。

雖然這股良好風氣被一些選秀節目、投機客和貴族破壞了，卻也還是有人遵循傳統，堅持勇者的道義。

奧布里的團隊就是如此。

「再看看吧！多觀察一下。」

參加過諸多選秀節目，經歷過不少抹黑、設計陷害的奧布里，現在變得比以往謹慎，不會再隨隨便便就交付真心。

對於旁人或隱晦或直接的關注，粗枝大葉的羅蘭沒有在意，棺族哈瓦跟維克直接無視，馬赫和馬雅雖然覺得彆扭，但是其他隊員都這麼淡定，他們也受到影響，跟著放平了心態。

「團隊任務，搶到了。」

安靜坐在宿舍沙發上的哈瓦突然開口，不大的音量在寂靜的客廳顯得格外清晰。

「太棒了！哈瓦你真厲害！」

羅蘭一邊喊著、一邊點擊「轉傳」，將團隊任務轉到小隊的聊天群，讓其他不在宿舍的成員知道這件事。

選拔營發布的團隊任務不多，一天才放出兩、三個，其他的大多是瑣碎又麻煩的單人任務，雖然也可以接下一堆單人任務一起執行，但是這種靠數量堆積的單人任務收益，還是比不上團隊任務的收益好。

所以現在所有隊伍都瞄準了團隊任務，只是節目組在刷新任務的時間很狡猾，任務是不定時刷新，並不是定時定點更換，導致所有人只要一有空就要關注任務欄，時刻無法放鬆。

雖然選手們埋怨連連，但是他們盯著任務欄搶任務的模樣，意外成了觀眾喜愛的環節，為節目直播帶來不少關注。

「任務是……調查『庫洛里斯湖』？」

羅蘭唸出任務的內容，順手點開暮色山脈的地圖觀看。

「有點遠……應該可以租賃飛艇過去吧？」

羅蘭嘀嘀咕咕地唸著，順手點開了任務單，查看更加詳細的通知。

任務單上寫著，地質專家和環境保護學者於上個月偵測到位於暮色山脈北方的庫洛里斯湖有異常，希望能派人前去查看。

由於任務位置偏遠，所以領取這項任務的隊伍可以免費使用節目組的飛艇前往。

任務要求接了任務的團隊在明天下午三點前往停放飛艇的地方集合。

看到這裡，羅蘭頓時鬆了口氣。

「還好不用花積分。」

一旁的哈瓦面露古怪，欲言又止的看著羅蘭。

「怎麼了？」

「上個月偵測到異常，現在才找人查看？」

不覺得其中很有問題嗎？

「或許是覺得現在那裡安全了，可以派人過去了。」羅蘭猜想地回道：「我爸說，研究地質的學者向來謹慎，因為地質變動通常會持續一段時間，並不是發生一次兩次，就像地震一樣，主震過後會有大大小小的餘震，所以他們會在事發後持續觀察一段時間，直到確定安全了，才會派人前去探查。」

「原來是這樣。」哈瓦理解的點頭。

「明天就要出發了，我們先把課程調整一下吧！」

羅蘭調出課程系統，開始取消自己這一個星期的課程。

哈瓦有樣學樣，也跟著停掉課程。

節目組的課程收費以報名為主，報了名就會扣除積分，就算沒去上課也一樣，所以要是報了名又因為突發狀況沒辦法去上課，那就要選擇「退課」或是「調課」，不然積分就白花了。

錯失了課程也不用擔心，因為那些課程都有多位老師循環反覆的教導，這次的課程趕不上，那就等下次的開課或是其他老師開課再報名，不用擔心學不到。

第三章 《勇者新星選拔營》團隊任務

01

節目組的飛船在航行一晚上後，於當天早上六點多抵達庫洛里斯湖。

庫洛里斯湖是一個外觀很神奇的湖泊，它從空中俯瞰，是三個同心圓的大河道組成，像是標靶的圖案，而從平地觀看，這三個同心圓有地勢高低落差，就像一個三層蛋糕，最高的湖心位於海拔兩千米以上，最低的外圍湖也有兩百多米高。

也因為它的地形地勢特殊，這裡的物種豐富多樣，生機勃勃。

這次參與《偵查庫洛里斯湖》任務的一共有三十支團隊，他們需要配合地質協會和學者之塔的人，在庫洛里斯湖進行探索。

「各團隊注意！」

出發前，狂刀天王站在三十支團隊面前，做著最後的提醒。

「《偵查庫洛里斯湖》是狂刀公會接下的任務，也是我提出讓你們參與這個任務，讓你們藉由任務向勇者團的前輩們進行學習。」

這是狂刀天王的一次突發奇想，他跟節目組討論過後，覺得可以嘗試，才有這次的團隊任務。

要是選手們在這次的任務中表現合格，以後節目組會考慮多發派一些跟前輩們合作的實作任務給他們，讓選手們可以參與和了解勇者團的運作。

那些選秀綜藝可不會有這樣的環節，他們沒那些人脈，也不敢擔負失敗後的責任。

「我用我自己的名譽和狂刀公會的名聲為你們擔保，讓學者們同意選拔營選手參加這種大型任務，希望你們不會讓我們失望。」

要是選手們在任務中鬧出什麼事情來，狂刀天王和他的公會需要承擔起所有責任和虧損，而選手們也會留下黑歷史，對往後出道會有影響。

「《偵查庫洛里斯湖》的主要決策者是地質專家和學者們，他們是雇主，而你們附屬於狂刀公會勇者團旗下……」

狂刀天王特別表明這趟任務的主雇附屬關係，要是選手們誤以為他們可以跟勇者團和學者們平等交流，肯定會造成許多麻煩。

當手下的人，就要有當手下的樣子。

「要是偵測過程中遇到危險或是有什麼發現，你們要向勇者團隊長回報，再由他跟學者交流，請求指示，你們絕對不能擅自行動，也不能越過勇者團找上學者們！明白嗎？」

「是！」

「明白！」

狂刀天王點點頭，繼續往下說道：「這次任務的評分方式跟之前的不一樣，因為這裡有各種不確定的危險，節目組經過討論後決定，只要你們跟隨團隊完成偵查，就算任務完成，要是團隊中有人因為意外中途退出也沒關係，只要你們的小隊還有人待在偵查隊伍，就算最後只剩下一名成員，同樣算合格！」

聽到這次的評分這麼寬鬆，所有人都鬆了口氣。

庫洛里斯湖的危險程度是高級，不是他們這些還沒出道的新人能應付得來的，如果是像初賽那樣，要求一名成員都不能落下，那可真是太難了！

「但是，光是完成任務還不見得你們就算過關。」

狂刀天王說出這個任務的特殊評分機制。

「學者們和狂刀公會勇者團也會參與評分，他們的評價會在任務合格的基礎上進行加減，你們表現的出色，得分就高，相反地，要是你們做出違抗命令或是不合格的行為，就會扣分。」

「完成《偵查庫洛里斯湖》任務可以獲得五萬積分，要是扣分太多，你們獲得的任務積分就會減少，可能只拿到四萬多或是更少，如果學者和勇者前輩們對你們讚譽有加，你們會獲得更多的積分，拿到五萬多、六萬甚至是十萬積分都有可能。」

這話一出，眾人都興奮了起來。

節目組供應的任務積分也不曉得是請了幾個精算師來計算，積分全都卡的很準確，讓他們能夠維持上課需求、補充任務中耗費的傷藥，偶爾吃頓大餐犒賞自己，卻沒辦法為自己添購武器裝備。

要知道，節目組的武器裝備商店裡頭，販售的可是矮人工匠打造的精良武器，他們可是眼饞那些武器裝備很久了啊！

這次要是能夠賺到大筆積分，他們就能更換武器了！

「分配表昨晚已經發給你們了，你們自己對照著編號去找自己的勇者團報到。」

庫洛里斯湖的範圍遼闊，偵查隊自然是分頭進行，選手們被安排在危險性最小、位置最低的外環湖區，剩下兩處危險性較高的環形湖，全交由狂刀公會負責。

光輝之翼小隊很快就找到了自己的上級。

「您好，我們是光輝之翼小隊！」

羅蘭向面前身材高大健壯、鬍子茂密，臉龐被遮住大半的高階勇者說道。

光輝之翼小隊成員規矩地站在後方，看起來相當乖巧。

「按照規定，前來向狂刀冒險團第七團隊第一小隊隊長進行報到！」

大鬍子勇者懶洋洋地掃了他們一眼，而後抬手指向站在不遠處的人。

「他是領隊。」

領隊也是一名高階勇者，看起來比大鬍子勇者年輕十幾、二十歲，臉上同樣蓄著鬍子，鬍子被精心修剪成八字鬍模樣，搭配上有些黝黑的臉龐，顯得很有成熟男人的魅力。

羅蘭等人向領隊報到後，獲得了帳篷和基本物資包，之後便被打發到一旁待命。

現在正處於啟程前的忙碌階段，八字鬍領隊沒時間跟他們閒扯。

受到冷落，羅蘭等人也不介意。

他們雖然都是新手，但也是有過跟團打工經驗的，他們知道現在是前輩們最忙亂、最沒耐心的時候，他們乖乖待在一旁就是對團隊最好的幫助。

不過為了不讓觀看直播的觀眾們誤會，維克還是對著攝影鏡頭解釋了一番。

「這裡的位置偏僻、地勢又相當複雜，要是半路上發生什麼事情，團隊很難得到救援和補給，所以一定要做好萬全的準備才行。」

「在出發的前一刻，就是前輩們最忙碌的時候，他們要在正式啟程前規劃好行進路線、做好各種預備方案並且確認準備工作完成，這些東西我們都不懂，貿然插手只會打亂前輩們習慣的節奏，所以我們才會站在一旁等待……」

維克的話才剛說完，一旁就傳來怒吼聲。

「沒看到我正在忙嗎？你們一直跑來煩我做什麼？」

狂刀勇者團的某位勇者暴躁的大吼。

「我、我們只是想幫忙……」

「我剛剛就說過我不需要幫忙！讓你們去旁邊等！你們是聾了嗎？」

「好了、好了，他們也只是熱心……」旁人出來打圓場。

「熱心個屁！他們能幫什麼忙？這些裝備都是特製的東西，他們學過嗎？他們會用嗎？幫什麼忙？」

「我們是來協助你們的……」

「協助？好，那我問你，現階段我們要做什麼？準備什麼？這是什麼裝備？該怎麼收納？」

「呃……」

「看！你們什麼都不懂，要怎麼協助？」

「我們……」

「啊啊啊啊啊——」

旁邊傳來的淒慘叫聲打斷這裡的對話。

「你們不是說會組裝嗎？為什麼能量偵測機變成這樣！」

勇者前輩指著地上的機械和散落零件，神情近乎崩潰。

「這套能量探測機是特製的精密裝備，你們拍著胸口跟我說你們會組裝，我就相信了，結果呢？這就是你們說的會組裝？你們、你們竟然把它弄成這樣！」

「拼得亂七八糟，組裝完成了竟然還多出了零件！這裝備的零件都是一對一的！絕對不可能會有多出零件的情況！」

「而且你們根本就組裝錯了，這條是動力核心的能源管，你們將它裝到排氣孔！這兩個部位尺寸根本不一樣！你們到底是怎麼把它裝進去的？完蛋了、完蛋了，零件該不會壞了吧？」

「操！老子平常都是小心翼翼的維護它，就差沒有將它當祖宗看待！這麼重要的東西，你們就這樣把它毀了？」

聽清楚原因後，其他前輩也紛紛變了臉色。

「你們很行啊……」

「重新拆了檢查，看看有沒有毀壞的部分。」

「先查一下有沒有零件遺失。」

「真是的，就已經很忙了還製造麻煩，浪費時間……」

「天啊！他們竟然還將管線剪開！這可是管線！完了、完了，這組管線已經廢了，沒用了！」

「有沒有備用管線？快找一組來替換！」

「馬的，就快要到出發時間了還搞這種麻煩！」

原本井然有序的營地，就這麼亂糟糟地忙碌起來。

「看到了吧！」羅蘭對著鏡頭說道：「主動積極是好事，但是要看場合和時機，更要對自己的能力有自知之明。」

對於羅蘭的結論，彈幕留言紛紛湧出讚同話語。

02

「我們又不是故意的，你們那麼生氣做什麼？弄壞就弄壞了，我會賠！」

被指責的貴族少爺趾高氣昂的說道。

這個犯了錯的選手小隊名為「亞里沙」，以身為隊長的貴族少爺家族姓氏命名，他也是先前用金錢挖角光輝之翼學員的團隊。

亞里沙家族祖上曾經是皇室成員，後來被封為公爵，傳承十幾代後，家境有起有落，現在成了有虛銜無實權的中等貴族世家。

現任的亞里沙家主善於經商，為了提振家族名聲和勢力，他用金錢開路，結交眾多小貴族，並在經濟上援助數個名聲不錯的勇者團，打造出「豪爽」、「熱心助人」的好名聲，一心一意想要重返上流貴族圈。

為了達到目的，家主讓家族子弟在他認為有前途的行業發展，勇者圈也是他想要經營的目標之一。

貴族少爺名為「卡里」，是現任家主的姪孫，他的父親頗受家主重視，連帶著他這個姪孫也被愛屋及烏。

要不是有父親和家主支持，卡里根本參加不了《勇者新星選拔營》。

不要看到《勇者新星選拔營》的初賽選手眾多，就以為這節目的進入門檻很低，實際上，節目組最初還有審核機制，通過審核機制的選手團隊才能在節目中露面。

卡里和他的團隊，並不符合節目組的團隊挑選要求，是家主捐贈一筆錢給某個資深的小型勇者團隊，換取他們的參加名額，這才能夠進入《勇者新星選拔營》的節目中。

出發前，家主曾經對卡里說過，不指望他能夠進入決賽，但是節目的賽期長，是一個很好的曝光機會，家主希望卡里能夠在節目中好好表現，並且多為家族的產業打廣告。

怎麼打廣告呢？

譬如，在節目設置的商店中進行採購時，可以裝作無心地提到「我家的某某商品的品質跟這個商品差不多，而且價格更便宜。」

或是說：「我家賣的某產品雖然比這商品貴一些，不過用的都是上好材料、聘請的設計師、製作工匠也是某某知名團隊……」

還可以說：「我用的某某裝備是聘請某大師特製的，那位大師跟我家交情好，每年都會賣幾件裝備給我們，不過這些東西並不對外販售……」

家主特別交代卡里，絕對不能打壓、拉踩其他商品，只能說出個人使用心得，這樣才不會引起輿論反彈或是讓其他知名品牌不滿。

卡里的脾氣驕縱，平常說話總是習慣貶低他人、抬高自身身價，但在家主的強制命令下，他也只能乖乖收斂自己的脾氣，努力在鏡頭前表現出自己優秀的一面。

只是脾氣壓抑久了，總有爆發的時候。

就像是現在，被一堆人指責後，忍耐許久的卡里終於發火了……

「我明明是好心想要幫忙，你們反而不領情！一直罵我，我又做錯了什麼？」

「弄壞裝備我都說要賠了，這樣還不夠嗎？不然你們還想要怎麼樣？」

「這裝備這麼難用，又破又舊，零件又多又麻煩，爛透了！你們早就應該換個新的！」

「還有你們發的帳篷，這顏色跟樣式也太醜了，又髒又舊還有臭味，你們狂刀公會不是很有錢嗎？怎麼不換一批更好用的？」

「我家出的帳篷就比你們用的好多了，材料品質都是一等一……」

貴族少爺的脾氣一上來，立刻劈里啪啦地埋怨一堆，還習慣性地替自家產品進行宣傳，卻不知道他的行為讓現場的人和觀眾瞬間產生反感。

直播畫面的彈幕湧出一大堆。

「這位少爺是怎麼回事？做錯了事情，把人家的機器搞壞，不只沒道歉，還反過來說人家的東西不好？」

「我是地質研究員，我可以保證，那個被破壞的機器是目前公認最好用、而且組裝結構也最簡單的型號！」

「貴族少爺就是貴族少爺，之前他還一直批評節目組賣的商品差，要大家去買他們家的東西呢！」

「呦？跑來選拔營打廣告啊？這可真厲害了……」

「也不能這麼說，至少他們是很積極地想要做事，不像其他人，都只是站在一邊看……」

「喂喂喂，別的選手團可沒有招惹你們，請不要拖人下水！」

「他們站在旁邊是因為領隊要他們站在旁邊等，又不是偷懶不做事！」

「這年頭，聽從指揮還有錯了？真是笑話！」

「我就欣賞亞里沙團隊這種積極的行動力，雖然他們沒能完成工作，但是心態上是好的！」

「好不容易有這個機會跟前輩們一起出任務，當然要表現得主動一點，我不認為亞里沙團隊有錯。」

「比起其他不做事的團隊，亞里沙團隊真的算不錯了。」

「卡里少爺的年紀小，應該要多給他些包容，別那麼苛刻，你們家裡就沒有孩子嗎？」

亞里沙家主派人盯著直播間，一有情況不對就會出面為卡里洗白，這也是為什麼卡里的評價到現在都沒翻車的原因。

「又來了、又來了，每次只要一提到某位貴族少爺，就會出現一堆人為他說好話，你們這群水軍也太明顯了。」

「什麼水軍，我們只是看不慣你們這麼針對一個孩子！」

「孩子？哈！這位貴族少爺都幾歲了？現場比他小的選手一大堆好嗎！」

「根據節目組公告的選手資料，年紀最小的應該是光輝之翼小隊的隊長羅蘭，他才十六歲！」

「剛才查了一下，貴族少爺今年二十六歲。你們竟然說他還是孩子？」

「哇喔！現在『孩子』的年紀範圍都這麼廣了嗎？」

「是說，為什麼大家都將過錯推到選手頭上？為什麼不罵狂刀的人？那些勇者是去向他們學習的，狂刀身為前輩勇者，就應該要教導選手啊……」

「呵，這話可真好笑，誰跟你說選手們是去學習的？他們是接了任務，去當打手跑腿的！」

「嘖嘖嘖！現在白嫖前輩的經驗都能這麼理直氣壯了？換在以前，那可是要付學費、替前輩跑腿辦事，花上幾個月、幾年的時間才能從前輩手中學到東西！」

「狂刀天王真是慘，好心提供機會給選手們實習，結果還被你們吐槽。」

「等等！大家別被帶歪了話題，那些人東扯西扯，其實就是想要帶過貴族少爺犯的錯！別讓話題歪樓了！」

「我來總結一下！這件事情的起因是貴族少爺自告奮勇，說他知道那機器要怎麼組裝，可以交給他組裝，人家領隊就相信了他，將事情交給他……」

「結果少爺說謊了，他不會組，他小隊的成員也不會，然後那位貴族少爺就生氣了，罵成員蠢、沒用，連組裝機器都不會。」

「一般人遇到這種情況，乖乖跟前輩認個錯，說自己不會組裝就行了，可是這位少爺不是這樣，他做了個騷操作……」

「他命令隊員『一定要組裝』，不管他們怎麼組，反正就是要把機器弄出來，不能讓他丟臉！」

「少爺的隊員膽子也很大，他們真的上手組了！一邊組還一邊嫌棄配件沒做好，還要他們自己修改！看到這裡，我真是笑死了哈哈哈哈哈……」

「你是笑死，我是心疼死！馬的，那些可都是精心設計的零件，每個零件的尺寸規格都是規劃好的，他們就這麼隨便修改，把零件都毀了！」

直播間的彈幕留言紛紛擾擾，而直播現場的人也因貴族少爺的狂妄發言吵成一團。

「把機器毀了，犯了錯不認錯，還嫌棄東西破舊髒臭？」

領隊前輩氣得捲起袖子想揍人，旁人連忙將他攔下。

教訓那小子以後有的是機會，現在可是在直播，可不能破壞狂刀公會的形象。

「願意賠償就好。」

前來查看情況的狂刀天王冷笑一聲，指了指被貴族少爺弄壞的機器。

「這部機器價值六百八十萬金幣！因為儀器損壞，必須重新調派機器過來，團隊今天不能出發，違約懲罰是一天一百五十萬金幣，一共八百三十萬金幣，你要現在賠錢還是我把帳單寄給亞里沙家族？」

「怎麼可能那麼多！你在嚇唬我！你騙我！」

貴族少爺慘白著臉，一臉難以置信的嚷嚷。

「我有購買機器的收據，也有這個任務的合約，一切的違約事項、違約罰款上面都有條列。」

「不可能！你一定是在騙我！你想要坑錢！我要投訴你！我要退賽！」

「行！我現在就帶你們去退賽！」狂刀天王才不慣著他，一把拎住少爺，將他帶向飛船。

「放手！放手！你要做什麼？放開我！」

「不是要退賽嗎？現在就去退！」

不管貴族少爺如何掙扎，他跟他的小隊成員依舊被狂刀天王帶上飛船，飛回空中堡壘。

03

卡里最後還是沒能退賽。

亞里沙家主得知此事後，立刻跟卡里聯繫，將他罵了一頓，嚴厲地叮囑他要好好比賽，維護亞里沙家族的臉面和名聲。

亞里沙家主還向狂刀天王和節目組誠懇地道歉，並表示他們一定會賠償卡里所造成的損失。

一切過程都在節目中直播公開，而亞里沙家主明理公正的舉動，也贏得觀眾們好感，亞里沙家族的名聲回升不少。

不過即使亞里沙家主放下身段道歉了，狂刀天王還是不想讓卡里和他的團隊繼續《偵查庫洛里斯湖》這個任務，只是節目組導演覺得卡里和他的團隊造成的衝突感可以增加節目效果，私下說服狂刀天王，希望能讓卡里和他的隊員繼續任務。

在導演保證「要是出事，節目組會承擔後果，負責一切賠償」的條件下，狂刀天王這才板著臉，勉強同意了。

所以亞里沙團隊在返回空中堡壘後，還沒下飛船就又被送回庫洛里斯湖的營地。走的時候那麼囂張，現在卻灰溜溜地返回，卡里等人都以為會被其他人譏諷，也做好了應對的準備。

結果他們等了一會兒，周圍人潮來來往往，就是沒有人搭理他們。

這讓他們感到安心又沮喪，心情相當彆扭。

「還有十三分鐘！快點完成準備工作！」

狂刀天王在營地裡來回巡視，並提醒著眾人時間。

「已經準備就緒的隊伍可以先行出發！」

「報告！七團第一隊準備完成！可以出發了！」

小隊領隊來到狂刀天王面前報備。

「好！出發吧！」

狂刀天王拍拍領隊的肩膀，並送上出發前的祝福。

「此行，平平安安，順順利利！」

「是！平平安安，順順利利！」

領隊咧著嘴，笑著回應了同樣的話。

勇者團在出發前都會互相說幾句好話，算是臨行前的祝福。

祝福的詞語並不固定，也有祝福找到寶物、發財暴富的，不過在狂刀天王看來，沒有什麼是比平安順利還要好的祝福詞，所以「平安順利」也就成了狂刀公會的固定祝詞。

第七團第一隊便是羅蘭他們搭檔的隊伍。

在領隊向狂刀天王報備時，團隊成員也已經整裝待發。

任務的搜尋區域被劃分成一個個的小區域，第七團第一隊負責的區域位於東邊，那裡有一座形似牛角的牛角山，非常容易辨識。

行進過程中，光輝之翼小隊被安排在隊伍中間，讓勇者團的前輩們保護著。

由於行程中有不確定的危險，為了安全起見，學者們留守在營地，透過現場的直播畫面觀察動靜。

維克等人就近跟身旁的前輩們攀談，而羅蘭則是湊到大鬍子勇者身旁，笑嘻嘻地與對方閒聊。

「伯特大叔，你們以前去過哪些地方探險啊？」

「伯特大叔，這裡有什麼怪物啊？有沒有需要注意的地方？」

「伯特大叔，等一下我們到了牛角山以後該怎麼偵查？」

「伯特大叔，我聽說庫洛里斯湖會不定期產生時空裂縫，這些裂縫有的通往遠古遺跡、有的通往另一個世界，這是真的嗎？」

大鬍子勇者始終是一副頹廢懶散的模樣，跟羅蘭說話有一搭沒一搭的，態度有些冷淡。

不過羅蘭並不在意這一點。

他以前雖然沒有離開過小鎮，但是接觸過的人也不少，他知道伯特大叔只是剛結束一場大型任務，精神和體力都還沒恢復，才懶得交際應酬、開口說話，並不是討厭他。

更何況，對於羅蘭提出的一些疑問，或是講述中的錯漏，伯特大叔還是會開金口為他解答，可見伯特大叔只是面冷心熱，人還是很好的。

據羅蘭所知，勇者團在結束一次任務後，即使沒有受傷，也還是會有一段休整時間，藉此放鬆在任務中繃緊的情緒和精神。

狂刀公會的勇者那麼多，應該不至於勉強休假中的人出任務，那麼伯特大叔是怎麼回事呢？

羅蘭想了幾種可能性，覺得伯特大叔精神受創的機率較大。

他取出一枚嫩綠色葉片，遞給伯特大叔。

「給你吃。」

「……葉子？」伯特隨手接過，才發現這葉片其實是糖果。

「這是溫蒂奶奶特製的薄荷糖！」羅蘭笑嘻嘻地介紹道：「溫蒂奶奶做的糖果可好吃了！很多人都會去溫蒂奶奶的糖果屋買糖！」

聽說是薄荷糖後，伯特也沒拒絕，直接放進嘴裡。

一入口，清新的香氣湧上鼻腔，讓他的頭疼削減許多，渾沌、疲憊的不適也減輕了。

伯特眉頭一挑，立刻知道這片葉子是好東西，他咀嚼幾下，咬碎了糖果，讓香氣釋出更多。

咀嚼時，糖果先是湧出濃烈的薄荷香氣，中間轉變成蜂蜜檸檬的甜美，沖淡那股沖鼻的刺激，最後以沁涼的滋味收尾。

吃完一顆糖果後，伯特覺得整個人提神醒腦、沁涼舒爽，一身燥熱都被驅除了，就連遭受到尖嘯女妖音波攻擊的腦袋也不再一抽一抽的疼。

好東西啊，比那些精神藥劑好多了！

「這糖果你還有多少？」伯特大叔有些急迫地問。

跟他一同執行那個任務的有上百名夥伴，這點糖可不夠。

「我有很多！出門的時候，溫蒂奶奶送了我好多糖果！」羅蘭拿出兩個玻璃糖罐，塞到伯特手中。

「溫蒂奶奶做的薄荷糖跟外面賣的薄荷糖不一樣，她會添加凝神葉，凝神葉是我們小鎮旁邊的魔獸森林特產，夏天吃很消暑。頭痛、頭暈的時候也會吃！」

羅蘭一邊說、一邊遞了一張「溫蒂奶奶的糖果屋」的名片給他。

「買的時候，記得要說你們要『特製的薄荷糖』，一般的薄荷糖沒這效果。」羅蘭叮囑道。

「好，謝了！」

伯特收起名片和糖果罐，順手拍了拍羅蘭的肩膀，因為頭疼而繃著的臉也變得舒緩許多。

頭疼不是病，但是疼起來可真要人命。

作為回報，伯特也開口跟羅蘭細細說明新人在任務中的注意事項，維克等人也聚集過來聆聽。

「你們是新手，不懂、不會是正常的，你們要做的就是聽從領隊指揮，不懂就要問、不會就要說，讓領隊和其他前輩能夠掌握你們的情況，發配適合的工作給你們，千萬不要不懂裝懂，知道嗎？」

「對，千萬不要不懂裝懂！」旁邊的勇者也湊上來附和，「你們就是因為不會才會跑來學習，沒有人會因為不懂而嘲笑你們，所以你們遇到問題時，一定要告訴我們，千萬不要不說！」

「不要顧忌直播。」又一人接口說道：「我知道你們這些選手都想要在觀眾面前表現好一點，這是人之常情，可是因為擔心丟臉、沒面子就對自己的錯誤遮遮掩掩，那實在是太蠢了！說句直接一點的，你們不過是新人，又沒有名氣，誰認識你們啊？」

「只要能學到東西，面子又算什麼？每個人都是從菜鳥一步一步慢慢進步的，每個人都有糗事、黑歷史，沒有人一開始就是厲害的勇者。」

眾人你一言我一語的勸導，雖然他們沒有明說，但很顯然地，這些前輩都被先前亞里沙團隊的行徑給震驚到了。

「好，我們知道了。」

「前輩們放心，我們一定會聽從你們的安排，不會亂來的。」

羅蘭等人乖巧地點頭。

04

「嗶——嗶——」

「注意！有異常！」

走在最前方，手持偵測儀器的隊員一看見儀器上閃爍的訊號以及發出的警鳴，立刻高聲提醒。

「這裡的空間能量特別活躍！接近危險級！」

他這麼一說，原本還將這次巡邏當成郊遊的眾人立刻慎重起來，個個警覺地四處張望，心裡也在納悶地嘀咕。

早在他們出發之前，學者們就已經分析過情況，按他們的分析，庫洛里斯湖出現異常的位置是上層接近中心的區域，離他們現在偵查的位置可是相差極遠，他們這次過來也只是過個場，不應該會有異常出現啊。

要不是知道這趟任務是安全的，路上頂多遇見魔獸和尋常野獸，他們也不敢讓學員們參與。

腦子轉得快的，已經開始盤算要是一會兒發生意外，該怎麼安排羅蘭這些學員，怎麼讓他們盡量活下來。

別認為這樣的想法太過悲觀，現在可是涉及到空間能量異常，而且還是接近危險級的空間能量異常！

一旦能量波動到了危險級，就有可能會發生空間裂縫、空間風暴等緊急情況，這種情況一旦發生，足以讓整個團隊團滅！能活著已經很幸運了！

「嗶、嗶、嗶、嗶、嗶！」

警鳴聲越來越急促，顯示著情況越來越危急。

「能量波動越來越強烈了！現在已經到危險級了！」

一直盯著儀器的隊員不安地喊道。

隊員們也紛紛拿出武器，提心吊膽地戒備。

只是如果來了魔獸，他們還能有個攻擊和防備的標的與方向，而「空間」這種看不見、摸不著的存在，又該如何防備？

「嗶嗶嗶嗶嗶嗶嗶……」

警鳴聲接連成串，情況來到最要緊的時刻！

「來了！來了！」

「大家小心！」

所有人擺開戰鬥姿勢，即使知道在空間風暴這樣的大災難前，個人的戰鬥力脆弱不堪，但也不能因此放棄求生，說不定他們能幸運地獲得逃離的機會呢？

此時不只是現場的人提心吊膽，就連觀看直播的學者和觀眾們也紛紛為他們祈禱，希望他們平安無事。

突然間，附近的空間一陣扭曲，而後一名身形呈現半透明、全身裹在斗篷之中的人影現身。

當他從虛無中走出後，裂開的空間自動閉合，偵測儀器的警鳴聲也停下了。

「……欸？」

「這是……」

讓眾人大陣仗地謹慎戒備，竟然只是因為一個人！

「原來是空間傳送啊……」馬赫恍然大悟。

「不對！」伯特厲聲否決了這個說法，「空間傳送不會達到危險級的能量波動，你到底是誰？」

「等等！他是來找我的！他是我朋友！」

羅蘭連忙跑上前，制止了一場一觸即發的戰鬥。

「之前節目組導演說，有人想要買聖祐繩葉，就是我之前戴的手環。」

羅蘭解釋著空此時出現在這裡的緣由。

「聖祐繩葉是空給我的，我答應幫導演他們詢問空手上還有沒有聖祐繩葉，願不願意賣一些給他們。」

羅蘭本以為空會回傳訊息給他，沒想到空會直接跑來找他。

「空，你是專程來找我的嗎？還是順路路過？」

「來找你的。」空摸了摸羅蘭的腦袋，說出他的來意，「聖祐繩葉，可以賣，一年，十株。」

「你是說，往後每年都會賣出十株聖祐繩葉？」

「對。」

空喜歡種植，在自己的半生空間劃分出好幾個區域，營造出不同的環境地貌，用來種植屬性不同的植物。

為了讓植物能夠生長茁壯，他還到處收集各種元素土壤和滋養的礦石，甚至自製天然肥料，對這些植物的培育相當用心。

聖祐繩葉是他在偶然間找到的植物，他收集聖祐繩葉並不是因為它即將滅絕，相當稀罕，純粹是因為聖祐繩葉的外觀符合他的審美。

空有收藏植物的嗜好，不過也不是所有種類都收集，他只收集稀罕的、漂亮的、生長特殊的、符合他審美的植物。

之前聽說這聖祐繩葉對生長地相當挑剔，空還以為聖祐繩葉很難種活，誰知道聖祐繩葉在他的空間長得極好，才幾十年過去就從稀疏的幾株繁衍成一大片！

他挪了一部分到魔獸森林中，雖然在移植後死了大半，卻也有上百株存活下來。

確定聖祐繩葉能在外界存活後，空每隔幾年就會將空間內的聖祐繩葉移植到外界，直到今日，這聖祐繩葉也繁衍成占地百畝的規模。

聽到羅蘭說有人想要購買聖祐繩葉，空原本沒有放在心上，還是王和其他人來勸他，說他們魔獸雖然不在乎外界的錢財，但是人類的錢財也不是沒有可取之處。

至少，空可以用這些金錢採購肥料材料、特殊土壤、礦石和種子，不需要像以往一樣，親自在各地跑來跑去。

空想想也對，反正這聖祐繩葉這麼多，賣出去一些也沒有損失。

他本來想要賣出一大片，但又被人勸住了。

羅蘭的老師克拉克告訴他，聖祐繩葉是物以稀為貴，賣出的數量越少，販賣的價格也就越高。

在商量過後，才定出一年賣十株的限額。

當然，這是對外的販售限制，如果是艾尼克斯小鎮的居民想要購買，那自然是不限量的便宜賣了。

空和王也不擔心小鎮居民會高價轉賣當二道販子，或是將限額的機密說出，彼此當鄰居當了這麼多年，這點信任還是有的。

「想買聖祐繩葉的人要去哪裡買？」羅蘭追問道。

據他所知，空向來喜歡獨處，不喜歡跟太多人接觸。

「金色閃耀商會。」空回答道。

金色閃耀商會的現任會長是羅蘭的伯伯，他的兒子維克跟羅蘭關係親近，感情很好，將這件事情交給他去做，自是不用擔心被坑。

交代完，空也準備要離開了。

「空，等等。」羅蘭心血來潮地喊住他，「我們來這裡是因為庫洛里斯湖出現異常，你有感覺到哪裡的空間不對勁嗎？」

空是棲息和遊走於虛空的魔獸首領，對於空間的變化非常敏銳，比起機器，羅蘭更相信他的判斷。

「有，那裡。」空抬手指了一個方向。

「你知道那裡有什麼東西嗎？」

「一處古代遺跡，隱蔽的空間陣法快要失效。」所以才會讓人偵測到異常。

「失效以後，那處遺跡會顯現出來嗎？」

「嗯，大約，七天。」空點頭回覆。

頓了一下，他又問：「你想進去嗎？」

「可以嗎？」羅蘭雙眼發亮地問。

「可以。」

「那……」

「咳咳！」一旁的伯特大叔擠眉弄眼地暗示。

羅蘭會意地接口，「我們的任務是輔佐這次的偵查，可以帶大家一起進去嗎？」

「可以。」

對空來說，帶一個人進入遺跡跟帶一群人進入遺跡並沒有差別。

另一邊同樣關注直播的狂刀天王，一聽說空願意帶人進入遺跡，連忙下令周圍的團隊到羅蘭他們的位置集合，他自己也乘坐小型飛行器迅速趕到。

要不是自身武力不足，那些學者也想要親赴現場。

那可是古代遺跡啊！

遺跡裡可是有眾多寶物和古文物的存在，要是幸運的話，說不定還能得到珍貴的傳承！

雖然遺跡裡的機關重重，危險性不小，但是富貴險中求嘛。

去其他地方冒險尋寶同樣會有危險，甚至是什麼都沒能找到，空手而歸、任務虧損的情況，相較之下，古代遺跡至少會有保底收入，不會虧！

第四章　發現古代遺跡！

01

「天啊！竟然是遺跡！我只有在歷史課本上看過遺跡的介紹！」

「正常的，遺跡一出現，都會被幾個大勢力封鎖起來，一般人根本看不到！」

「裡面肯定有很多寶物！」

「狂刀天王這次真的賺了，竟然可以提前進入遺跡！裡面的寶物都是他的了！」

「也不能這麼說，大家都知道遺跡裡頭有很多危險，狂刀天王他們也是拿命在賺錢！」

「呵呵，要是他們實力不夠，就全死在裡面了。」

「呸呸呸！少在那裡亂詛咒人！狂刀公會不會有事！」

「吃獨食，肯定撐死！」

「那個光輝之翼的隊長是怎麼回事？不是說他們是鄉下來的隊伍嗎？怎麼會認識那

麼厲害的強者？」

「肯定是人設啦！說是鄉下小隊，誰知道是不是真的？」

「又來了、又來了！你們是每天都過著勾心鬥角、爾虞我詐的生活嗎？怎麼看見什麼都要懷疑一下啊？」

「不是已經查過這個小隊的成員背景了嗎？他們確定都是小鎮的人啊！」

「光輝之翼都是平民出身，家世也只有副隊長維克比較好。」

「說不定羅蘭家裡是傳說中的隱世家族呢！」

「隱世家族？小說看太多了吧！」

「如果不是隱世家族，那個已經滅絕的聖祐繩葉是怎麼來的？」

「節目組的直播會跟進去嗎？我們可以搶先看到遺跡的情況嗎？」

「應該會吧？現在不是還在拍攝嗎？」

「現在在拍攝，又不代表能夠跟進去拍！」

「就算可以跟進去，要是遺跡裡面有特殊磁場，干擾了攝影，同樣也看不到……」

對於能不能跟拍這件事，節目組特地找來狂刀天王討論，畢竟這是屬於狂刀公會的任務，並不是《勇者新星選拔營》接洽的。

狂刀天王同意了直播。

既然事情已經曝光，與其遮遮掩掩，還不如大方一點，公開這場遺跡探險。

狂刀天王不好意思讓空多做等待，所以在集合了十五支團隊後，就請空進行傳送，其他趕不及的人就留守外面營地，要是狂刀天王他們在遺跡裡遭遇危險、陷入困境，留守營地的人也能夠進行後續的救援工作。

「走了。」

空抬手一揮，空間一陣扭曲，眾人只覺得眼前一花，眼前的景觀就變了。

「咦？我們已經……進入秘境了？」

「這樣就進來了？」

狂刀天王等人露出訝異神色。

他們常年在外東奔西跑，使用過的傳送卷軸和傳送陣不計其數，每次傳送都像是被捲入龍捲風裡狂甩一樣，讓人頭暈目眩，抵達目的地後還要緩個幾分鐘才行。

即使是目前號稱最高級、最舒適、最沒有後遺症的傳送陣，也只是讓暈眩感減輕幾分，並不是完全沒有不適。

像這種毫無感覺的傳送，他們還是第一次遭遇。

不知道這位前輩會不會製作傳送陣或是傳送卷軸？

他的傳送術這麼厲害，製作出來的傳送陣肯定也會比其他的還要舒適！

狂刀天王雖然有些意動，卻也沒有直接開口詢問，畢竟高人都有他的脾氣，說不定人家根本不會做傳送陣呢？就算會做傳送陣，說不定高手前輩不想賣呢？

狂刀天王年輕的時候，就遇過一些性格古怪的學者。

他們浪費了一大堆材料，把自己弄得窮困潦倒，好不容易研發出新產品。

狂刀天王覺得那件新產品不錯，想要投資對方，製作該產品販售，結果卻被學者當成是在污辱他。

狂刀天王覺得自己很無辜。

他又沒有在合作條款上坑害對方，給出的條件都是對雙方有利的，狂刀天王獲得好產品，供應自家公會使用，而那位學者可以賺錢繼續他的研究，還能獲得名氣，一舉三得，這有什麼不好？

當時的狂刀天王氣得跟對方大吵一架，那位學者就到處跟朋友「哭訴」狂刀天王對他如何如何地霸道不講理，一度讓狂刀天王在學者圈的名聲變得很糟糕。

狂刀天王被氣炸了，乾脆放棄資助這些學者的想法，只從各大商會採購物資，或是請這些商會為他的公會研發適合公會成員使用的產品。

各大商會其實都有自己的研發團隊，也有接受客人的訂製訂單，只是價格會比較昂貴而已。

在學者那裡受了氣的狂刀天王，寧可多出一點錢向商會訂製，也不想再跟那些冥頑不靈的人合作。

後來還是他認識了其他學者，才知道學者間分有很多派系，跟狂刀天王吵架的屬於古典傳統派，他們標榜遵循古傳統、尊重學問、視金錢如糞土，其實他們也愛錢、愛名聲，也接受他人聘僱，只是他們對於「老闆」的要求更高，只有王室和大貴族才能聘僱他們，一般人他們根本瞧不上眼，覺得跟普通人合作是「有失身分」，只有王室和大貴族才配得上他們。

簡直有病！

第四章　發現古代遺跡！

了解情況後，狂刀天王對學者們的一點芥蒂也沒了。

現在他跟新派的學者都相處的很好，他們追求自由創新，也很有經濟頭腦，很樂意接受資助，甚至會拿著企劃案主動找上投資者，說服對方跟自己合作，研發新產品。

種種想法在狂刀天王腦中一閃而過，也不過就是一兩秒的時間，外人根本沒有察覺到他分心了。

現在所有人的注意力都在眼前的景物上。

他們曾經想像過進入遺跡後，會見到什麼樣的場景。

頹廢破敗的廢墟、野蠻生長的原始叢林、陰暗幽森的墓地、宛如迷宮似的機關迴廊……

在他們的各種想像中，並沒有出現過眼前的景象——

一座華麗宏偉的城堡以及美輪美奐的花園。

城堡由多個高塔型建築群組成，高塔外觀流光異彩，那是魔法陣運作中所發出的能量光。

位於中央位置的高塔直入天際，頂端雲霧繚繞，雲層裡隱隱有閃光閃爍。

光是外觀，就足以讓狂刀天王等人和觀眾激動起來。

「這個遺跡保持得真好！」

「這裡也太漂亮了！」

他們之前見過的遺跡，就跟廢墟差不多。

如果不是空前輩說這裡是被隱藏起來的遺跡，他們肯定會以為自己誤入了某位君王的住所。

花園的中心處設置了一個噴泉水池，圓形水池占了花園的一半面積，周圍有幾條水道連通，貫穿整座花園。

從水面上打量，這些水道的寬度約莫一公尺、深度大約半公尺，裡頭的水質清澈，可以輕易地看見水道底部堆積著滿滿的石頭。

這些石頭就像是漂亮的鵝卵石，帶著果凍般的半透明色澤，顏色有白、黃、紅、橙、藍、紫、粉紅等顏色，還有兩三種顏色同時共存於一顆石頭上，構成美麗的山水圖畫，儼然是大自然的奇觀。

「水裡有能量石！」

就站在水道旁邊的隊員，指著水裡的漂亮石頭喊道。

「真的？我看看。」

另一名隊員拿出檢測能量的機器，將長管狀的一端探向水面進行偵測。

在這種情況不明的地方，隊員們都嚴格遵守不亂碰觸的原則，沒有親自動手從水裡拿東西。

即使那是能量石。

「是高純度的能量石！」

檢測的隊員激動地驚呼。

能量石是所有魔法鍊金產物的能源之一，能量石的純度越高，表示這能量石的能量越豐沛，可以廣泛地運用在各種大型魔法鍊金產物上面。

水中的能量石約莫成年戰士的拳頭大小，以能量石的純度和規格來計算，這樣一顆能量石可以驅動空中堡壘十天到十五天，市售價差不多是兩百多萬。

「能量石，水裡都是高純度的能量石！」

「錢啊，好多錢啊！」

別看狂刀公會是大陸上赫赫有名的大公會，他們的資金也僅能夠支撐公會運作，想買好一點的武器裝備、好一點的藥劑，都要精打細算才能勉勉強強地買上一些。

「會長……」

眾人激動地看著狂刀天王，就等著他一聲令下，拿光這水底下的能量石！

狂刀天王也很興奮。

現在進來這處遺跡的只有他和他的公會，按照規矩，這裡的發現物都屬於他們所有，不需要跟其他人分！

正準備讓手下打撈能量石的狂刀天王，眼角餘光掃到站在羅蘭身邊悶不吭聲的空，炙熱的情緒被潑了一桶冷水。

……啊，也不是不需要分，還有帶他們進來的高手前輩呢！

「前輩，謝謝您帶我們進入遺跡。」狂刀天王態度尊敬地開口，客氣地詢問道：「按照規矩，這裡的一切收穫，狂刀公會與您對半分？」

五五分是狂刀天王心中最合適的分配，要是這位前輩貪心一些，有可能會索取到八成利益，但就算是這樣，對方也不算違反規矩。

他們能夠進入這處遺跡，全是靠著前輩，而且前輩的實力又比他們強大，按照「強者為尊」、「實力至上」的潛規則，就算是八二分也是狂刀公會賺了。

畢竟，要是遺跡的隱匿陣法失敗，遺跡自動對外開放，狂刀公會就要跟無數個前來爭奪寶物的勢力競爭，屆時，以狂刀公會的實力，最多也只能從這裡搶得十分之一的利益，肯定比不過現在跟前輩的八二分。

「對半？可以。」空無所謂地點頭。

這點收益空並不放在眼裡，不過羅蘭既然要走上勇者的道路，就需要大量資源作為後盾，身為看著羅蘭長大的長輩，空自然要替他著想。

空的收藏品太過高級，隨便一件拿到外面都能引起一陣腥風血雨，這處遺跡的藏品正好可以給羅蘭。

沒想到空會慷慨地同意對半分，這讓狂刀天王相當高興，他原本還以為要跟空討價還價，最後達成六四或是七三的分成呢。

狂刀天王也知道，前輩很有可能是看在羅蘭的分上，才會對他這麼友善，他算是沾了羅蘭的光！

不過小師弟到底是什麼來頭，怎麼感覺背後的靠山很多？

02

「現在開始打撈能量石！所有人以小隊模式行動，不要分散。」

狂刀天王的命令一下，公會成員熟練地分散，開始各自的行動。

羅蘭和他的光輝之翼小隊自然也是跟著團隊一起。

而羅蘭一動，空也跟著他一起走，有這麼一位厲害的高手相伴，雖然覺得有安心感，但是狂刀公會的成員們總有一些「家長在旁邊監督」的壓迫感。

「從這裡開始打撈，幾個人負責警戒，羅蘭你們就來……」

發布任務的領隊看向羅蘭和他身後的空時，嘴裡的話瞬間拐了一個彎。

「你們負責警戒吧！」

一般而言，像羅蘭他們這樣的新人，都會被分派不危險的體力勞動，像是下水打撈能量石這類，不會讓他們負責警戒，只是羅蘭身邊有強者長輩陪著，他們總不好當著長輩的面，讓羅蘭做體力活。

羅蘭有些失望，他本來還想下水查看那潛伏在水裡的東西是什麼，現在被分配了警戒的任務，就不能下水偵查了。

「你們小心一點，水裡有東西。」羅蘭提醒道。

「有東西？」

成員們心頭一驚，有人已經踩進水裡了，聽他這麼說，連忙跳回岸上。

伯特等人提高警戒，往水道裡仔細查探，但是卻一無所獲。

「羅蘭，你真的看見東西了？」

「沒有，我是感覺……」

「啊啊啊啊……」

話還沒說完，一旁就傳出有人遭受襲擊的慘叫聲。

遭受襲擊的人，脖子和胸口噴出了血柱，鮮血瞬間染紅水面，要不是旁邊的夥伴反應迅速，抱著他跳到岸上，他就直接倒在水裡了。

「治療師！救人！」

一道治療光芒灑落在傷患身上，迅速為他止了血。

「警戒！水裡有東西！」

「別摸能量石了！先上來！」

在所有人都上岸後，原本平靜的水面也翻騰起來，像是水裡有大量的生物游走，水花翻滾噴濺。

只是不管他們怎麼瞪大眼睛查看，都看不見水裡的東西，但是在他們的感知中，確實能夠隱晦地感受到危險的存在。

「羅蘭，你知道水裡面有什麼東西嗎？」

維克拿著防禦鍊金產品警戒，低聲詢問。

「我也不知道那是什麼。」羅蘭困惑搔搔頭，「牠長得像烏龜，有兩顆頭，脖子很長，像蛇一樣！而且牠是隱形的、像水一樣透明，在水裡的速度跟魚一樣快……」

「你是怎麼『看』到的？」維克又問。

現場那麼多人都看不見的東西，羅蘭是怎麼看見的？

「用精神感知啊！」羅蘭理所當然地回道：「感知牠的能量，就能看見牠了。」

所有生命和魔法生物、鍊金產物都具有能量，有能量才能驅使他們活動，唯一的差別只在於這些能量屬於生命能量還是其他屬性的能量。

「……」眾人無語。

精神感知是法系特有技能，需要精神力達到一定程度的人才能使用。

他們可是勇者！是戰士職業！誰跟你練精神力啊！

「水裡確實有東西，而且不少。」

狂刀天王和幾名高階勇者偵測過後說道。

高階勇者會針對意志力進行修練，就跟法師的精神力修練差不多，之前他們只是沒有往這方面想，現在被羅蘭提醒了，他們自然也能偵測出水裡的東西。

「用能量機檢測看看！」狂刀天王下令道。

成員們隨即將能量檢測機器取出，對著水面進行偵測。

但是因為水中有滿滿的能量石干擾，機器的螢幕上只能看見滿滿的亮光，完全無法藉此分辨出那隻雙頭龜的存在。

「這個機器可以偵查單一屬性的能量吧？」羅蘭見狀，給出了建議，「這隻雙頭龜雖然是活物，但是牠的能量偏向幽靈，你們偵查暗屬性能量試試。」

偵測成員隨即在機器上點按幾下，按照羅蘭說的去進行偵測。

「嗶、嗶、嗶……」

「有了！看見了！」成員們興奮的大吼。

「好，把護目鏡調整成偵查暗屬性能量模式。」

所有成員身上都有一個到多個的護目鏡，這種鍊金護目鏡除了具備基本的遮陽、擋風沙、擋雨、護眼功能之外，還有望遠鏡、夜視鏡跟能量偵測的功能，是勇者冒險中必備的裝備之一。

眾人戴上調整好的護目鏡後，開始獵殺起水道中的雙頭龜。

沒了隱身功能，這些雙頭龜就算速度再快、嘴巴的咬合力再強、爪子再銳利，也不是勇者們的對手。

不一會兒，雙頭龜就變成了一袋袋的戰利品。

死後的雙頭龜，隱形的效果瞬間解除，直播鏡頭前的觀眾也才能看清楚牠們的模樣。

「這到底是什麼生物啊？」

「沒看過。」

「拿回去給學者們研究吧！」

「那幾隻活的注意一下，別讓牠們死了。」

雖然不清楚是什麼生物，但是他們都知道，活的比死的更加值錢。

「空，你知道那是什麼嗎？」

「寶石蛇龜。」空果然給出了答案，「無毒，肉不好吃，龜殼可以用來製藥和鍛造武器。」

「牠們一次可以產下五百顆蛋，每次大概可以孵化十幾隻幼龜，其他沒能孵化的就會變成幼龜的食物和能量石……」

「就是水裡的那些？」

「對。」

好東西啊……

得知這些寶石蛇龜竟然可以生產能量石後，所有人都變了臉色。

「我們竟然殺了那麼多……」

「錢啊、都是錢啊……」

眾成員看著滿地的寶石蛇龜屍體，心痛地捶胸口！

「一、二、三……十五、十六、十七，我們只剩十七隻。」

「什麼十七，有一半是空前輩的！」旁人連忙提醒道。

「啊、對對！五五分。」

說話者小心翼翼地看了空一眼，笑得諂媚。

「前輩，抱歉，我剛才腦袋被撞了一下，昏頭了。」

「……」空的神色平靜，沒有任何反應。

他不認為這些人有膽子貪他的東西。

「空，這些寶石蛇龜大概多久生一次蛋？」羅蘭扯開了話題。

「要是環境好，食物充沛，大概五六年一次。」

「五六年……可以養！」狂刀天王拍板定案。

雖然產量少而且時間長，可這是生生不息的能量石來源啊！而且牠們還會生出後代，只要好好養個幾十年，讓牠們不斷繁殖，公會就相當於擁有一座能量石礦場了。

「那牠們都吃些什麼啊？」羅蘭又問。

「魔獸肉，等級越高，產出的能量石能量越多。」

「魔獸肉啊，這簡單！」

豎起耳朵偷聽對話的公會成員們放心了。

「對！要是這寶石蛇龜吃高級材料，那我們真的沒轍，魔獸肉就沒問題了，我們養得起！」

「我家裡還凍了兩個大冰櫃的肉！」

「我家裡有三個冰櫃！」

他們每次出任務都會遇到一堆魔獸，有時候甚至會因為獵殺的數量太多，帶不回來，乾脆就切割魔獸身上值錢的角、皮毛、心臟等物，沒什麼價值的肉就會丟在當地。

「只吃肉就行了嗎？」羅蘭追問道：「水中的生物不是都會吃些水草什麼的？」

「可以搭配藍鱗草、活根藻、捲捲鬚、水幽靈菇給牠們吃……」空一連說出好幾種水草名，「這些都對牠們有助益，可以養得更好、更強壯。」

「……這些草我都沒聽說過。」羅蘭搖搖頭，「維克哥哥，你聽說過嗎？」

「這些都是接近滅絕的稀罕材料，我在《瀕危植物》上看見過。」

維克小小年紀就能經營培訓館，靠的不是家中的支援，而是拚命地學習各種知識，學習各種技能。

他的閱讀量很大，大到學者之塔的學者大師都想收他為徒，堪稱是行走的小百科。

「瀕危啊……瀕危的東西都很貴。」

「何止貴，根本買不到好嗎！」

狂刀公會成員紛紛決定放棄，反正空前輩也說了，這些是輔助的營養，只吃魔獸肉也是可以的。

「空，水裡這個一根一根像鬍鬚一樣捲捲的，是不是就是捲捲鬚啊？」

羅蘭從水道裡頭拔出一根銀灰色的細長植物，這植物帶著絨毛，看上去就像是老人家泛白的鬍鬚。

「對，這是捲捲鬚。」

「噗通！噗通！」

好幾個人瞬間跳下水，開始摘採捲捲鬚。

什麼？只用魔獸肉餵養？

開什麼玩笑，寶石蛇龜這麼寶貴的生物，當然要加上捲捲鬚，讓牠們吃得更好、更開心啊！

03

被打撈上來的能量石足足堆了七座一米高的小山，這麼豐盛的收穫讓狂刀公會眾人激動地紅了眼，也讓觀看直播的其他人羨慕、忌妒不已。

「好多能量石！看那色澤，純淨度應該很高！」

「狂刀公會真是走了龍屎運！這麼爽的事情也給他們碰上！」

「嘖嘖，就算要跟那位高手前輩對半分，狂刀公會依舊是賺了！」

「我是學者，本來有機會接這個任務的，只是嫌麻煩，沒想到能有這樣的機緣！」

「我也是，導師問我去不去的時候，我手上正好有實驗！早知道會有古代遺跡出現，我就算丟下所有實驗也要去！」

「從建築物造型和上面的魔法陣看來，這個遺跡至少是三千年前……」

「三千年前？那不就是黑金冒險時代？人類歷史上五大盛世之一？」

「也有可能是黑金時代末期。」

「說不定是深淵入侵時期呢？」

「黑金是什麼？我怎麼沒有聽說過？」

「這位朋友歷史沒學好啊！黑金出產於深淵裂縫，那裡的黑暗元素濃厚，還帶有各種元素之力，魔物群聚，極為危險，但是珍稀資源也非常多……」

「黑金就是深淵魔物的骨頭和他們的心核，可以用來打造武器、煉製藥劑、充當能量石，還可以用來輔佐修練、強化身體和精神力……」

「總而言之，黑金用途極廣，還被當成那個年代的重要貨幣，許多珍品的交易都是用黑金進行！」

「感覺黑金也沒多厲害啊！武器、魔藥什麼的，現在也有不少好材料……」

「你懂什麼？其他材料都會有多多少少的副作用，可是黑金沒有！它是相當純淨的高品質材料！而且效果更好！」

「就拿火焰劍來說，現在的材料製作出的火焰劍，大概可以附魔一點五倍的火元素，可是用黑金來打造的話，附魔的火元素可以達到五到七倍！」

「據說第一魔法學院『聖柯里威特』的鎮院之寶，就是一件黑金打造的裝備！」

「這麼厲害？那怎麼現在都沒看到有黑金流通？」

「因為深淵裂縫太過危險，裂縫周圍有虛空風暴，一不小心就會被風暴絞殺，屍骨無存。」

「據傳，古代冒險者之所以能夠進入深淵裂縫，是因為他們掌握了特殊手段，不過這個方法現在已經失傳……」

「其實現在每年都還是有人會跑去深淵裂縫冒險，只是生還者極少，他們帶出的黑金都是暗中交易，除非你有一定的身分和實力，不然是進不了交易會的。」

「不知道這個遺跡會不會有進入深淵的方法……」

直播間眾人議論紛紛，而狂刀天王則是抓緊時間，將能量石跟寶石蛇龜分出一半給空。

一般而言，都是探索結束後才會開始分東西，不過因為能量石的數量太多，要是東西都由狂刀公會收下，他們帶來的儲物空間就沒剩多少了，既然如此，還不如現在就將收穫分出，也好減輕儲物空間的負擔。

空收走了大半部分，留下兩千顆能量石給羅蘭。

「拿著，零用錢。」

「謝謝空！」

羅蘭沒有推辭，笑嘻嘻地收下能量石。

有了這些能量石，他們就可以在選拔營中多採購一些精品裝備，提高團隊實力。

「兩千顆能量石的零用錢？真豪氣！」

「我在他這個年紀，零用錢也不過就是幾十銅幣……」

狂刀公會的人在旁看著，羨慕不已。

兩千顆高純度的能量石，他們就算工作十年都不見得能積攢到，而這位前輩竟然當成零用錢發給羅蘭，然後羅蘭這個小傢伙也竟然臉色平靜的收下！

他到底知不知道能量石的價值啊？

儘管心底嘀咕，可是羅蘭有空大佬罩著，他們也不敢妄動心思。不過等到羅蘭他們返回選拔營，其他人或許就會對他們動手了。

嘖，這位空前輩不懂人心啊！這樣不是將羅蘭架上火堆嗎？

狂刀天王面上不動聲色，心底卻是盤算著該怎麼替羅蘭擋下那些覬覦者。

好歹是自家小師弟，這次又是托了他的關係才能進入遺跡，於情於理，狂刀天王都該關照羅蘭幾分。

一行人小心翼翼地走向城堡大門，厚實的青銅大門緊閉。

走在最前方的勇者上前推了推，發現以他的力量完全推不動大門，便轉身讓團隊中力氣最大的高階勇者嘗試。

高階勇者鼓足了勁，摧動鬥氣，手臂肌肉鼓脹、青筋浮起，咬牙切齒、滿臉通紅地推著門扉，卻依舊沒能撼動半分。

正當他們想要使用人海戰術，眾人一起推門時，青銅大門發出了嗡鳴聲，驚得眾人立刻退後警戒。

「碰！磅！磅磅……」

幾聲響動過後，青銅大門緩緩打開。

詭異景象讓眾人更加戒備，屏氣凝神，不敢妄動。

「空，這裡面有危險嗎？我們可以進去嗎？」

羅蘭拉了拉空的黑袍，低聲詢問道。

以空的能力，這座城堡的內部情況絕對在他的感知之內，裡面有沒有危險，問他就對了。

「沒危險，可以進去。」

空率先領著羅蘭走進大門，狂刀天王等人緊隨其後。

城堡內部明亮乾淨、空氣清新，完全不像封閉了數千年的模樣。

大廳的空間相當遼闊，中央處生長著一棵巨大的古樹，古樹的樹身粗壯，需要上百人才能環抱，樹幹高聳入天，龐大的樹冠如同雲層，覆蓋著整個大廳。

在古樹周圍，有一隻隻的藍綠色蝴蝶飛舞，仔細打量後會發現，那些藍綠色蝴蝶竟是自然元素化成。

是接近元素精靈的特殊生靈！

即使是見多識廣的狂刀公會勇者們，此時也被眼前的景色震懾。

「松乘前輩，好久不見。」

空抬起手臂，向古樹行了一禮，向來高冷的他，此時的語氣竟顯得溫和不少。

「沙沙沙沙……」

樹葉晃動，古樹的樹幹上浮現一張臉孔。

「你是……」

「時空雲獸一族，我名為空。在我小時候，您曾經送我一片護身的樹葉。」

空珍惜地取出一片樹葉，葉片的邊緣泛黃、上面還有一道缺口。

「多虧這片樹葉，它替我擋下致命一擊，保住我的性命。」

感受著樹葉上面熟悉的氣息，古樹發出沙啞渾厚的笑聲。

「原來是你啊，小傢伙。時空雲獸一族可還好？」

「我族在深淵大戰中受創嚴重，老族長戰死，新上任的族長帶著大家進入星空隱蔽，目前只有我在外行走。」

「原來是這樣。」松乘古樹嘆息一聲，又問：「外面的大戰已經結束？大家可還好？」

「現在已經是戰後三千多年。」空委婉地回答。

時空雲獸一族受到時間之神的祝福，壽命極長，可是當年參戰的種族有不少種族都是短獸種族，壽命不超過兩百的那種，古樹若是想要找尋故人，恐怕是……

松乘古樹聽懂了空的意思，笑了笑。

「大戰應該是我們贏了吧？現在外界的情況如何？」

松乘古樹體貼的轉移話題，不再詢問過往。

「是，深淵大戰雖然各族損失頗多，不過我們還是贏了深淵魔獸，成功將深淵裂縫封閉。」

深淵大戰時期，空只是幼生體，無法參戰，但是在戰爭結束後，他也從族人的話語中了解戰爭的詳情。

「戰後，龍族、棺族、精靈族、樹人族、人魚族、滄海等族受創嚴重，全都遷移到安全的地方休養生息。」

空雖然很少離開魔獸森林，卻也會關注外界情況。

「近些年，龍族和棺族開始派年輕族人到現世歷練，人魚族也有海紗人魚一脈跟其他種族經商，其他族群仍然不見蹤影。」

「原來如此。」

「松乘前輩怎麼會在這裡？」空困惑地詢問。

松乘是樹人一族，樹人平常不愛活動，只喜歡扎根大地做日光浴，但他們是可以離開大地行走的。

「我在戰爭中受了重傷，被調派來守護『火種』。」松乘古樹回道。

深淵大戰來的太過兇猛，眾人雖然做好了抗敵準備，卻也做好了失敗的安排。

「火種」就是他們預留的後手之一。

「這裡儲存著各族各職業的知識和各種材料，是為了預防戰敗、各族強者覆滅所做的準備。」

「這裡的守密人一共有五人，他們說，等戰爭結束就會來喚醒我……」

卻沒想到，直到松乘古樹養好傷勢甦醒，他們都沒能回來。

「這裡還儲存了一千多顆魔獸蛋，既然大戰已經結束，你們之中要是有大師級御獸師，可以過來跟魔獸蛋結契。」

松乘古樹相當大方地說道。

狂刀天王等人很心動，然而……

「前輩，御獸師的傳承已經斷絕，現在已經沒有御獸師了。」

04

「呵呵，沒關係，這種事情我們也有預料到。」松乘古樹並不在意，「這裡有資質檢測陣、各種培育材料，還有御獸師從低階到高階的相關書籍，以及眾多御獸大師的心得筆記，你們照著學就行了。」

「請問松乘前輩，我和我的團員，有的是戰士、有的是法師、治療師，已經修練了鬥氣、魔力、符文之力等力量，這樣還能成為御獸師嗎？」

「沒問題。」松乘古樹說道：「這些魔獸蛋並不是一般的魔獸，牠們是深淵魔獸的一個分系，本體類似元素精靈，是一種能量生物，什麼樣的力量都能契合。」

「深淵魔獸？那不是敵人嗎？」

「不，我們的敵人是深淵魔族。」松乘古樹糾正道：「深淵魔獸就跟我們這裡的魔獸差不多，是具有深淵力量的獸類……」

「原來如此。」眾人恍然地點頭。

「一開始孵育這些魔獸蛋的時候，你們需要以食物搭配自身力量哺育，讓深淵魔獸幼崽熟悉你們的力量和氣息，跟你們親近。」

「深淵魔獸具有一定的智力和成長性，是一種慕強的生物，如果你們對牠們不好，親密度不足，或是你們的實力比牠弱上許多，牠很有可能會噬主或是直接撕毀契約。」

聽到深淵魔獸還會背叛，眾人紛紛露出糾結和警惕的神色。

看出他們的心態，松乘古樹笑了笑，又道：「深淵魔獸是智慧生物，不是聽命行事的傀儡。只要你們將牠們當成家人、夥伴看待，得到深淵魔獸的信任，牠們就會以性命相護，甚至還會反過來找尋各種寶物餵養你，幫助你變得強大……」

感情都是互相的，你對人家不好，還要求深淵魔獸對你忠誠？

聽到這裡，眾人對於該如何對待深淵魔獸也有個定案了。

「你們也不用擔心，御獸師不是那麼容易當的。」松乘古樹笑著調侃道：「你們要先進行資質檢測，看看能不能締結契約，要是檢測沒過，你們也無法結契約。」

「請問是檢測那一方面的資質？」

「基本三大屬性，精神力、體質強度、體內能量值都要達到合格標準……」

見眾人對御獸師並不了解，松乘古樹又解釋道：「御獸師跟深淵魔獸締結契約之後，需要用精神力跟深淵魔獸進行溝通；而體內能量值是深淵魔獸的營養品，關係到往後的培育程度；體質強度是因為深淵魔獸本身是慕強種族，你要是體質不夠強大，制不住他們，深淵幼崽很可能會看輕你，不服從你的管教……」

「只是小崽子，應該不至於制服不了吧？」

有人提出質疑，但很快就被同伴反駁了。

「幼崽就一定弱小嗎？你去跟長牙巨象的幼崽打一架看看。」

長牙巨象的幼崽足足有兩米高，體重高達一噸，還具有「重力」天賦，即使是中階勇者，想要制服長牙巨象的幼崽也不容易！

「想要檢測資質的人，就走上前，進入地面的綠色圓圈裡。」

松乘古樹話音一落，大廳的白色鏡面地板升起一圈綠色光圈。

「請問一次可以進入幾個人？」

檢測身體資質的儀式有單人檢測、也有多人一起進行檢測的，面前的綠色光圈，就算進入一百人也沒有問題，應該屬於多人檢測的類型，只是就算是多人檢測，也會有人數上限，狂刀天王他們詢問的就是檢測人數限制。

「上限一百。」

「好。」

不包括選拔營學員，光以狂刀公會成員計算，一支團隊是一百人。

狂刀天王下令讓兩個小隊為一組進行檢測，而選拔營的學員則是留在最後檢測。

出乎眾人預料，十五支團隊、一千五百人中，能夠與深淵魔獸結契約的竟然只有五十七人！

而且這五十七人之中，八成是高階勇者，兩成是高階法系職業。

「成為御獸師的要求竟然這麼高嗎？」

眾人嘩然。

「不是要求高，是你們的精神力太弱！」松乘古樹忍不住吐槽：「你們這些後輩是怎麼回事？戰士職業的鬥志修練不是基本功嗎？你們的精神力怎麼那麼低？」

「鬥志修練？那是什麼？」

「不是只有高級勇者才能進行意志力修練嗎？」

眾人紛紛表示疑惑。

「松乘前輩不要生氣，在深淵大戰過後，許多職業的傳承都有缺漏。」空出面解釋：「現在的職業者比您那個年代的人要弱小許多。」

松乘古樹嘆息一聲，「既然這樣，你們這些沒過關的戰士，就去戰士塔學習吧！」

一道淺綠色光芒發出，那些資質檢測不合格的戰士都被轉移了。

「前輩，我們治療系的傳承也有斷絕，可以去學習嗎？」治療師期盼地詢問。

「去吧、去吧！」松乘古樹鄙視道：「我們那一代的治療師雖然主攻治療，可他們打起架來也不輸給戰士，看看你們幾個，身體竟然孱弱成這個模樣，嘖！」

光芒又是一閃，治療師們也跟著被送走了。

「前輩，我們是隊裡負責檢修機械的維修師，放在古代應該算是機關職業……」維修師們期期艾艾地看著古樹，希望也能去進修學習一番。

「嘖，機關師在我們那時候可是一人成軍的超強者，怎麼你們……」

綠光閃過，維修師們也被送走了。

「你們也去吧！」松乘古樹對著資質合格的人說道：「到了御獸塔，塔靈會協助你們挑選合適的魔獸蛋，按照他的吩咐行動就可以了。」

將資質合格的人送走後，現場就剩下空和還沒進行檢測的選拔營選手。

「孩子們，進入檢測圈吧！」對於這些孩子，松乘古樹的語氣轉為溫和，「你們還小，以前又沒有專業培訓，資質檢查應該都是不合格的。」

「不過沒關係，我為你們安排天賦資質檢測，這種檢測可以讓你們清楚自己的優勢和未來的職業發展方向……」

前來進行選拔營比賽的選手們年紀都不大，就算現在的修練方向錯誤，也很容易轉換職業方向，換成狂刀公會的那些勇者，他們已經修練多年，錯過了最好的成長時間，就算按照最好的資質天賦重新練起，也不會有多大的成就。

05

羅蘭站在檢測資質的魔法陣裡頭，看著眼前的奶白色光芒閃爍。

光芒柔和不刺眼，檢測的過程也不難受，羅蘭能感覺到體內有一股微弱的暖流遊走，如同潺潺小溪流淌。

不一會兒，眾人面前全都飄浮著一張紙，上面條列著檢查結果，以及建議的職業方向。

資質檢測的評分對照是以當事者的年紀對比同齡人，不過偵測內建的基準線是三千年前的人。

對照結果顯示，在場的選拔營選手大多都是資質差、基礎訓練不合格，僅有少數幾個達到合格標準。

對於這個結果，觀看直播的觀眾們紛紛表示不解。

「這也太誇張了，他們不都已經訓練過好幾年了嗎？為什麼都不合格？」

「對照基準是三千年前同齡人的平均標準……現代人有落後古人那麼多嗎？」

「不是說，古人生活貧困、知識貧瘠、科技落後嗎？為什麼他們的資質會比我們好？」

「可能古代人的體質比我們強悍？」

「三千年前，雖然知識被封鎖，只有少數人能接觸，但是你們別忘了，三千年前的資源相當豐富！元素也相當豐沛！」

「山上、樹林裡甚至路邊都能採摘到具有能量的果實和魔植，低等級的草食性魔獸到處都有，那個年代的人的三餐就是吃這些東西，食物有能量、生活環境也是元素充足，身體日積月累的受到能量滋養，當然比我們強壯！」

「欸！你們看！其他人拿到的檢測紙都是白色，但是羅蘭他的紙是藍色！」

「咦？對耶！為什麼他的紙張顏色跟其他人不一樣？」

「難道他的資質更好?或是被推薦了什麼特殊職業?」

此時的羅蘭正跟維克等人湊在一起，互相觀看各自的職業建議。

馬赫的職業建議有戰士跟獵人，馬雅是治療師和藥師，維克則是有三種，分別是法師、機關師和鍊金師。

跟其他人只有一兩個、兩三個職業建議方向不同，羅蘭的各項檢測成績都是優秀，建議的職業方向也有五個，分別是魔戰士、御獸師、德魯伊、魔廚和自然系學者，可以說是一個全方位的好苗子。

一堆白紙中唯一一張藍色的紙張，讓松乘古樹也注意到羅蘭。

「竟然有人拿到優秀的評價，孩子，你叫什麼名字?」

「老前輩，我叫做羅蘭。」

羅蘭走上前幾步，站在松乘古樹面前。

「咦?你身上有『森靈的庇護』，這可不多見。」

魔獸森林誕生的意識體，在古時被稱為「森靈」，意指「魔獸森林的靈魂」。

「森靈?是說『王』嗎?王，他人很好，教我很多東西。」羅蘭笑嘻嘻地回道：

「空也住在王那裡……對了，王還養了一棵小樹人！」

「森靈養了小樹人？」松乘古樹面露詫異。

他不是認為森靈不會養樹人，而是訝異為什麼會有樹人在森靈那裡？

樹人族向來是群居的，要遷移就會將所有族人帶走，不會有遺漏。

「王什麼時候養了樹人？」空也面露疑惑。

他雖然不常見到王，但是每隔一段時間也會交流一二，可從沒聽說王有養樹人。

「我來參加比賽之前有去跟王道別，就是那時候看到的。」羅蘭比劃著十幾公分的長度，「那棵樹人小小一棵，葉子很漂亮，是像陽光融入嫩葉裡頭的金綠色！」

「王說，小樹人是他一個老朋友，老朋友知道自己要死了，就跑來拜託王保護他，老樹人死去後，老樹幹中長出了小樹苗，王要將小樹人養大……」

「竟然是這樣。」松乘古樹感到相當意外。

樹人雖然是長壽種族，但他們也會老死，死了後會有一定的機率發新芽，迎來第二次的樹生。

剛出生的樹苗相當脆弱，一點傷害都能讓樹苗死亡，所以樹人預感到自己即將死亡時，就會返回族內，接受族人的庇護，很少會留在外面。

樹人族的軀幹是極優的高級材料，樹核更是相當珍貴的純淨能量結晶，受到許多人的覬覦，要是在外面死去，肯定會被瓜分的半點不剩！

像羅蘭所說，老樹人知道自己要死了，卻不返回族裡，跑去找朋友庇護的情況，可說是相當少見。

松乘古樹甚至想到更加黑暗的一面。

雖然森靈大多是中立屬性，對待眾生平等，但是……

萬一呢？

萬一那個森靈正好需要老樹人的樹核，或是他的軀幹……

「不知道我能不能去拜訪王，看看我的同族？」松乘古樹試探地問。

「可以啊！」

羅蘭不知道松乘古樹的擔憂，開開心心應承下來。

「王雖然看起來冷冷的，不好親近，其實他很喜歡有人去找他聊天。前輩可以讓空帶你過去！」

頓了頓，羅蘭又面露疑惑。

「不過前輩不是要守護這裡嗎？你能離開嗎？」

「可以。我是因為要養傷，才被安置在這裡。」松乘古樹笑道：「這裡每一座塔都有『塔靈』，他們會處理所有事務，就算我不在這裡也沒有問題。」

「塔靈？那是什麼？」羅蘭等人都對這個詞彙感到陌生。

「你們現在都沒有塔靈了？」

看見羅蘭他們點頭，松乘古樹嘆息一聲，深感傳承斷絕的太多。

「塔靈是人工智慧體，塔靈的由來有很多種版本，流傳最廣、公信力最強的是，某位法師在進行靈魂研究時，誤打誤撞地創造出塔靈。」

「也因為塔靈被當成法師們管理法師塔的智慧助手，才會因此命名。」

「那、塔靈是長什麼模樣？我們能看到他嗎？」

羅蘭的眼中充滿好奇，其他人也一樣。

「可以摸到塔靈嗎？」

「塔靈什麼都會做嗎？」

「塔靈能看見我們現在的情況嗎？」

松乘古樹看眾人還是一臉茫然，無法從腦中構思出塔靈的模樣，溫和地笑了笑。

「你們進去傳承塔學習時，就會見到塔靈了。」

「前輩要送我們進傳承塔了嗎？」

「是按照職業學習嗎？」

「學習的項目是我們現在的職業還是檢測建議的職業？」

「請問前輩，如果有兩個以上的建議職業，我們應該選擇哪一種呢？」

面對諸多疑問，松乘古樹也很有耐心的一一回答。

「我會按照建議職業送你們去傳承塔。」

「建議職業有一個以上的，會送你們到第一個職業建議的傳承塔，你們試過以後要是覺得不喜歡，可以請塔靈送你們到第二、第三個職業傳承塔。」

「建議職業是按順序排列的，排在前面的是首選建議，也是檢測過後，判斷最適合你們的職業。」

「要是你們對於建議的職業不感興趣，堅持自己選擇的職業，也可以告知塔靈，讓他送你們到你們喜歡的職業傳承塔。」

「跟天賦比起來，個人的喜愛和志向更加重要。」

「檢測只是提供一個方向，並不是強迫你們執行，要是你們不喜歡當戰士卻又勉強去做，心裡存有牴觸和質疑，最後的成就也高不到哪裡去。」

「與其如此，不如選一個自己想做的職業，只要願意付出努力，終會有成果。」

「是，我們知道了。」

「謝謝前輩指點。」

眾人知道松乘古樹是好意提醒，紛紛表達感謝。

「你們也別擔心，你們的基礎訓練都不合格，不管是進入哪座傳承塔，都是從最基本的訓練開始，大多數職業的基礎訓練都差不多，只是偏重會有些不同罷了……」

「……」

雖然松乘古樹的話很中肯，但還是讓已經訓練多年的選手們覺得鬱悶。

第五章　進入傳承塔學習

01

選手們被傳送到傳承塔時，直播畫面依舊停在原地，無法跟著進入傳承塔。

觀眾們發出一陣慘叫，心底忿忿。

「啊啊啊啊！看不到了！」

「嘖！之前還在慶幸節目組的直播到了遺跡裡頭還能看，現在就……」

「看不見不是正常的嗎？傳承的東西怎麼可能讓你免費看？」

「嗚嗚嗚……我也好想去傳承塔！」

「這個遺跡什麼時候會開放？」

「那位空前輩好像是說『過幾天』遺跡的隱匿就會自動解除？」

「所以說，『過幾天』是幾天啊？」

「我記得！我記得！是七天！」

「七天！我們要等七天才能再看見他們？」

「也不一定要等七天，說不定他們提前從傳承塔出來了呢？」

「嘿嘿嘿，我已經訂好前往遺跡的飛船船票了！傳承塔！我來了！」

「哈哈，我早就動身出發了！明天就能到現場！」

「就算到了那裡，也要能進得去！聽說現在學者之塔、各大公會和各方勢力組織都趕往遺跡了，那個區域已經被封鎖起來了。」

「封鎖！憑什麼封鎖！遺跡又不是他們的！」

「哈，憑他們有錢有勢啊！」

「酸什麼酸？你要是想獲得遺跡，你也可以去競價啊！」

「冒險者法律規定：凡是探險找到的遺跡，都歸發現者所有。要是有其他人想要進入遺跡，可以跟發現者以競價、購買、租賃等方式，購買遺跡的歸屬分額或是入場券。」

「問題來了！提問：遺跡是地質協會和學者之塔發布的搜索任務，由狂刀公會接下任務，又將任務分給《勇者新星選拔營》節目組，最後由那位空前輩發現遺跡，並且帶他們進入……所以這遺跡該歸誰的？」

「照理說，是歸第一發現者，也就是空前輩所有，可是……你覺得其他勢力會甘心放手？」

「當然不可能！他們怎麼可能放棄一座寶山！」

「所以啊，這還有得吵呢！」

「那位空前輩雖然厲害，可他畢竟只有一個人，怎麼可能敵得過其他勢力組織？」

「我猜，最後空前輩大概能拿到兩三成的分額，其他的會被各方勢力瓜分。」

「才只有兩三成？」

「呵，能拿到兩成都是好的！我們這裡有位獵人發現一個新遺跡，那遺跡就只是一塊小藥草田，裡面的藥草死了大半，只存活一小部分，聽說藥草的總價值大概是一百萬金幣，跟這個傳承塔遺跡根本不能比。」

「那個遺跡最後被當地的貴族奪走了，那個發現的獵人不只一分錢都沒有拿到，他跟他的家人還差點被滅口！」

「哇喔！真慘！」

「所以啊，別以為天降橫財是好事，還要看你能不能保住它！」

即使看不見傳承塔的畫面，觀眾們還是不想離去，他們對著空蕩蕩的大廳畫面，頗有興致地聊天，說著各種聽到的、見到的傳聞。

另一邊，被傳送到傳承塔的選拔營選手們正在進行他們的學習。

站在魔戰士傳承塔的大廳處，羅蘭好奇地四下張望，只是越看，他的神情就越顯得茫然。

在他的想像中，魔戰士傳承塔應該像克拉克爺爺的訓練場那樣，有很多武器陳列架，有很多用來練習的假人、假道具，有很多相關的學習書籍……

可是這裡通通沒有！

眼前的大廳非常、非常、非常空曠。

大廳是用某種特殊的灰藍色巨石塊鋪成，挑高的天花板足足有三層樓的高度，大廳的地面繪製著魔法陣，刷了白漆的牆面上掛著許多人物的肖像畫。

這些肖像畫有半身、有全身。

有的人物擺出戰鬥姿態、背景是吊著枯骨的森林；有的坐在豪華的餐桌前，正在品嚐豐盛大餐；也有的坐在一頭巨大的魔獸上，氣勢凜然……

更叫羅蘭吃驚的是，那些肖像畫竟然還是會活動、會說話的！

「嗯？有人進來了！外面的大戰打完了嗎？」

「不知道外面的情況怎麼樣了……」

「問問他不就行了！」

「紅頭髮？這是誰家的孩子？」

看著肖像們的互動和對話，羅蘭的雙眼閃閃發亮，好奇心滿溢。

會活動的肖像畫其實不神奇，畢竟現代都有各種魔法科技，將一段影像儲存成照片或畫冊的技術相當常見。

可這是三千年前的肖像畫！

那個時代有這種技術嗎？

「這是真的圖嗎？」

羅蘭忍不住靠近離他最近的肖像畫，肖像畫栩栩如生，就連一根根的髮絲和眼睛瞳孔的神采都畫出來了！

「畫得可真好。」

羅蘭從沒見過這麼精細的畫工。

「就算你稱讚我，我也不會因為這樣高興。」

原本正在低頭看書的肖像，突然抬頭與他對話。

「小鬼，別再靠過來了，我對男人沒興趣！」

男性畫像將書本擋在自己面前，並嫌棄地往後仰，像是恨不得離羅蘭遠遠的。

「你是活的？」

原以為這些肖像畫是某種影像留存，沒料到對方竟然是「活著的」！羅蘭慌張地退了一步，緊張地道歉。

「對、對不起！我不是故意的，我以為你們是影像，對不起……」

「孩子，別害怕。格雷特就是那種脾氣，不是針對你。」

「你叫什麼名字？」

「現在外面的戰鬥結束了嗎？傷亡嚴重嗎？」

「現在外面是什麼時間？」

「回各位前輩，我叫做羅蘭。」

羅蘭乖巧地逐一回答前輩們的提問。

「現在是深淵大戰結束的三千年後，戰爭的傷亡我不清楚，不過根據歷史書記載，在大戰中有兩位近神級的傳奇強者犧牲，另外封號級強者也有兩百多人死亡、一百多人重傷，高級強者的死傷人數高達三萬多人……」

「也因為太過慘烈，許多傳承都斷絕了。」

「現在外面很和平，深淵被封閉，外面都沒有深淵惡魔了。我們是意外進入這座遺跡的……」

「這座遺跡再過幾天就會對外開放了，到時候會有更多人進入這裡。他們懂得比我多，或許能解答你們更多問題。」

聽完羅蘭的敘述，肖像畫們一陣沉默。

「你們聊完了？」

一道光影在大廳中浮現，凝聚成一名少女的身影。

少女穿著一身華貴、漂亮的裙裝，容貌精緻，臉上卻沒有情緒波動，活像是一個陶瓷娃娃。

「我是魔戰士傳承塔的塔靈，我的創造者將我命名為『魔麗塔』。你在傳承塔學習的期間，我會擔任你的引導者，你有什麼問題都可以提問。」

「好。請問什麼是魔戰士？」羅蘭馬上就提出他的第一個問題。

沒等魔麗塔回覆，肖像們便發出一陣驚呼。

「什麼？外面連魔戰士的傳承都沒了？」

「魔戰士可是最強的戰士職業，傳承怎麼會斷絕？」

「不！我不相信！這不是真的！」

「呃、前輩們別傷心，戰士職業還有一般的鬥氣戰士、機械戰士跟狂戰士。」羅蘭安撫道。

「那些職業怎麼能跟魔戰士比！」

「魔戰士就是將魔法跟戰士二者合而為一的職業，不管是近戰或是遠戰都能打！」

「魔戰士是對付深淵魔族的主要戰力，應該是在那場戰役中犧牲太多……」

「還好外面現在是和平時期，不然光憑一般戰士怎麼打？」

等肖像們感慨完畢，魔麗塔才又開口。

「魔戰士是法系和戰士體系的結合職業，對於體質的要求高，需要具有修行魔法和戰士的雙重天賦，耗費的資源也會比一般職業多……」

「修練後，你的戰鬥力會是其他職業的兩倍到三倍。」

「要很多修練資源啊……」

羅蘭摸摸頭，毫不猶豫地決定放棄。

「那還是算了，請送我到其他傳承塔吧！」

「什麼？」

「我沒聽錯吧？竟然有人拒絕成為魔戰士？」

「小子，你知不知道你放棄了多好的機會？」

「我知道魔戰士很強大，但是我沒錢。」

羅蘭回得理直氣壯，絲毫不認為自己的捨棄有問題。

「前輩們是三千年前的人，那時候的資源很豐富，你們或許會覺得拿到修練資源不是問題，但是前輩們有沒有想過，經過三千年的消耗，我們這個時代的修練資源有多少？」

「我只是普通人家裡出身，沒錢沒勢，還要到處打工賺生活費，平常的修練資源都是老師跟長輩們給的，可是我的老師和長輩都已經上了年紀，我沒辦法回饋他們就已經很糟糕了，總不能再跟他們討要東西。」

「……」

聽到羅蘭是在顧慮修練資源的問題，肖像們也無話可說。

因為他們都知道，為了對抗深淵魔族，當時強者們搜刮了大量資源，後世的修練資源少，也是理所當然的。

02

「這一點，我的創造者和她的夥伴也有考慮到。」魔麗塔接口說道：「他們塑造了一個遼闊的生態空間，將許多訓練資源——包括但不限於魔法植物、生物、魔物、元素泉、礦脈核心等等——放入培養、繁殖。如今三千年過去，這些資源已經繁衍出許多，可以支撐百萬名魔戰士修練。」

「這麼多？」羅蘭雙眼一亮，立刻改變心思，「那我要怎麼樣才能得到這些訓練資源？」

「在學習和訓練中表現合格，就能獲得。」頓了頓，魔麗塔又補充道：「要是表現優秀，還能夠得到額外獎勵。」

「那我們現在就開始學習吧！」羅蘭積極地催促。

他不知道自己能夠在這裡待多久，他現在只想著把握時間、快點學習，快樂地搜刮這些修練資源！

「走吧！」

隨著魔麗塔的話音落下，羅蘭眼前一花，來到一處有著許多房間的長廊。

「這裡是一號走廊，整個訓練區一共有十條訓練走廊，每條走廊都設置了一百間練習室。」

「練習室的布置都是一樣的，並沒有區別，學員可以隨意使用。」

魔麗塔示意羅蘭走到緊閉的房門前，並讓他將手掌貼於門上。

掌心貼上銀色的門扉後，如同水波一樣的波紋浮現，緊接著，銀色門扉消失了，展露出訓練室的內部模樣。

訓練室裡頭很空曠，就是一個四四方方的淺灰色空間，沒有任何裝飾品。

「進入訓練室以後，這裡就是你的專屬訓練空間，外面的人無法進入。」

「以後你要是看見銀色的門變成黑色，就是代表這間訓練室已經有人使用，你需要去找其他的訓練室。」

「好，我知道了。」

雖然羅蘭覺得這裡以後會被其他公會、勢力掌控，他應該沒什麼機會再過來這裡，但嘴上還是乖乖答應了。

不管未來如何，他只要把握當下，好好掌握住這次的機會就行了！

「從你的身體結構來看，你的基礎訓練很扎實，不需要再進行基礎訓練，可以從魔戰士的初級訓練開始。」

魔麗塔早在羅蘭過來之前，就已經收到羅蘭的身體資質檢測報告，對他的情況有一定的了解。

「魔戰士的訓練大致有兩種方式，一是先進行書面學習再實戰；二是直接開打，從實戰中獲取經驗，你習慣哪一種？」

「直接開打。」

羅蘭實在不喜歡看一堆文字資料，而克拉克爺爺對他的訓練，也都是先交代幾點注意事項，之後直接上場實戰，實戰結束後再複習反省。

羅蘭喜歡這種方式。

雖然經常被克拉克爺爺坑得灰頭土臉，可是失敗過、掉坑過，羅蘭才能加深印象，知道自己的錯誤和缺點在哪裡。

得到羅蘭的答案，魔麗塔隨即傳送一隻魔狼過來。

魔狼忽然身處在陌生環境中，瞬間伏低了身體，做出攻擊姿態。

只是不管牠怎麼使勁，身體就像是被控制住了一樣，完全動彈不得！

「嗷……」

暴怒的長嚎過後，魔狼的身形漲大一倍，背上的黑毛根根豎起，如同刺蝟一般。

儘管如此，魔狼依舊無法脫離禁錮。

牠急促地喘氣，喉間發出低沉的警告，瞪著羅蘭的眼神像是見到了仇敵，兇惡異常。

「這是黑背魔狼，棲息於大多數的魔獸森林以及暗元素豐沛的地區，該族群的特色就是能夠強化自己，你現在看見的樣子就是牠的強化姿態……」

魔麗塔簡單介紹黑背魔狼後，便示意羅蘭進行實戰攻擊。

「戰鬥結束後，訓練室的治療陣會為你療傷。就算被擊中要害、砍下腦袋，訓練室還是能夠及時挽救你的性命，請不用擔心。」

魔麗塔的話聽起來有些嚇人，不過經歷過各種實戰、受過各種傷的羅蘭並不怕。

反正魔麗塔已經保證不會死了，在安全有保證的情況下，痛一點算什麼？

重要的是修練資源！

羅蘭已經從空間裡取出克拉克爺爺為他訂製的長刀，摩拳擦掌地等著戰鬥開始。

準備要賺資源啦！

「倒數三聲，戰鬥隨即開始。」

魔麗塔漂浮到一旁，不妨礙羅蘭的戰鬥。

「三、二、一，開始！」

「嗷！」

禁錮解除的瞬間，魔狼嚎叫一聲，隨即朝羅蘭撲去。

羅蘭舉刀迎敵，閃著寒芒的刀光閃過，刀刃砍在黑背魔狼身上時，激濺出閃爍的火花和銳利的金屬摩擦聲響。

「鏘！」

刀刃卡在黑背魔狼的脖頸處，入肉三分，卻再也沒辦法深入。

「嗷嗷嗷！」

黑背魔狼吃痛地張開獠牙，朝羅蘭咬去。

「咦？」

羅蘭面露詫異，反應迅速地避開黑背魔狼的血腥大口，抽刀往後跳開。

他以前也跟黑背魔狼打過，剛才的一擊他只用了一半的力道，雖然不多，但是按照以往的經驗，黑背魔狼的腦袋應該會被俐落地砍下，卻沒想到眼前這隻黑背魔狼能夠抵擋他的力量！

難道古時候的黑背魔狼比現在的更加厲害？

不過就算再怎麼厲害，該砍還是要砍，不然就拿不到獎勵了。

羅蘭再次出手，就是七成的力量，黑背魔狼的腦袋順利被斬下，還在地上滾了幾圈。

「過關，成績優秀。」魔麗塔語氣平淡地說出評價，「獎勵黑背魔狼的屍體一隻。」

「欸？是說這隻黑背魔狼是我的了？」

聽到獎勵羅蘭也不沮喪，黑背魔狼的賣價雖然不高，但也有兩金幣三十銀幣的價格，夠他吃好幾頓了。

而且這隻黑背魔狼還是古代品種，說不定賣價還會更高？

像是要證實羅蘭的想法，魔麗塔緊接著教導羅蘭分割黑背魔狼，以及辨識黑背魔狼身上各種材料的用途。

羅蘭從小就在金色閃耀商會玩耍，各個部門都轉過，最常待的地方是「魔獸處理部門」，這個部門會將從獵人和冒險團手中收購到的魔獸進行肢解，並將肢解後的材料分派到其他部門進行販售。

雖然魔獸處理部門因為長年肢解魔獸的關係，總是瀰漫著一股血腥氣和腥羶味，就算使用魔法藥劑也難以完全去除，導致人人迴避，但是羅蘭並不討厭這裡。

因為魔獸處理部門的匠人們都有獨到絕活，庖丁解牛、高超的廚藝、皮毛鞣製、魔獸材料價格分析、魔獸病體檢驗、腥臭清潔小技巧等等，雖然並不是多麼頂尖的技藝，但在年幼的羅蘭心中，這些叔叔伯伯都是厲害的人才！

羅蘭拿出擅長庖丁解牛的主刀伯伯送他的肢解工具組，開始切割黑背魔狼的屍體。

他將皮毛、肉塊、內臟和骨頭分門別類地放好，而後驚訝地發現，古代的黑背魔狼竟然有兩顆心核結晶！

這兩顆心核結晶一顆在腦部，是白色的；一顆在心臟，是紅色的。

現代的黑背魔狼只有一顆位於腦部的白色心核結晶。

難道這顆紅色的心核結晶就是古代黑背魔狼強大的原因？

羅蘭覺得困惑，但也想不出原因。

反正這隻黑背魔狼是他的，帶回去後再好好研究吧。

03

「解剖黑背魔狼，成績優秀，獎勵一把初等符文武器。」

獎勵的符文武器同樣是一把長刀，但不管是材質或是使用時的合適性都比不上克拉克爺爺為羅蘭量身訂製的長刀。

二選一的情況下，羅蘭自然將獎勵刀收進空間。

緊接著，魔麗塔又繼續後面的訓練。

第二次的測驗同樣是黑背魔狼，不過這次是三隻同時對羅蘭展開攻擊。

一陣刀光閃爍後，羅蘭解決了黑背魔狼，成績同樣是優秀。

獎勵品除了黑背魔狼的屍體之外，還多出一雙施加了【防禦】附魔的皮革手套。

手套從手腕覆蓋到小臂的位置，質量輕薄柔軟，不妨礙手部的細部活動，又具有如同護甲般的防禦功能，讓羅蘭相當滿意，當場就戴上了。

第三次的測驗是十隻黑背魔狼，這次的戰鬥中，羅蘭就算再小心，還是免不了受傷了。

「……成績優秀，獎勵一顆初級能量石。」

初級能量石的外觀看起來很眼熟，跟羅蘭他們在外面水道中打撈的能量石極為相似！

羅蘭心虛地看了魔麗塔一眼，對方依舊面無表情，也不知道有沒有發現外面水道已經被「搜刮乾淨」了？

「有事？」

發現羅蘭沒有將能量石收起，反而是偷偷看著她，魔麗塔面無表情地詢問。

「沒、沒……有、有事。」羅蘭念頭一閃，舉起手上的能量石，「我們進來這個遺跡的時候，在外面的水道也有看見跟它很像的能量石。」

「水道裡的結晶體算不上能量石，那是寶石蛇龜的未孵化龜卵，具有一點能量，沒什麼實用性，擺著好看而已。」

「……」

能讓狂刀天王他們為之瘋狂的寶貝，在魔麗塔眼裡卻只是個「沒什麼用的裝飾品」？

「古代人可真是奢侈啊……」羅蘭低聲嘀咕著。

「你要是喜歡，也可以撈一些帶走。」魔麗塔毫不在意地回道。

「……謝謝。」

羅蘭不敢跟魔麗塔說，其實他們已經撈光了。

他小心翼翼地收起手上的初級能量石，打算等出去後再針對能量石進行檢測。

既然外面的龜卵只是能量晶體，算不上能量石，那麼能被魔麗塔當成能量石的，蘊含的能量肯定更多、更豐沛、價值也更高。

說不定能夠買好多食物、好多裝備呢！

羅蘭嘴饞選拔營餐廳的高級料理已經很久了，據說高級料理使用的蔬果是精靈國度出產，肉是高品質的魔獸肉，都是他沒有吃過的。

要不是積分需要花在刀口上，不能隨便亂花，他早就用積分去大吃一頓了！

現在有了能量石……應該可以換到不少積分吧？

羅蘭並不覺得將能量石換成積分買食物是一件奢侈的事情。能量石他又用不上，還會引來其他人覬覦，與其因為能量石而招惹一堆麻煩，還不如主動將這個燙手山芋丟出去給別人煩惱。

羅蘭雖然看起來人畜無害、毫無心機的模樣，其實他還是會算計的。

「經過測試，已經分析出羅蘭學員適合的鍛鍊課程，現在下發課本……」

眨眼間，羅蘭面前就出現幾本書，分別是《基礎元素理論》、《元素概論》、《冥想鍛鍊法》和《魔戰士之雷火體系（格雷特版本）》。

「分析結果，學員羅蘭的體質與雷火體系契合，並以格雷特大戰師所研發的戰術版本最為合適，往後的課程會以格雷特大戰師的雷火體系作為訓練……」

「這些書……都要學嗎？」羅蘭雙手發顫地抱著這些書籍。

書本有厚有薄，最薄的是《冥想鍛鍊法》，只有八頁，最厚的是《基礎元素理論》，足足有兩百多頁。

書籍不多，羅蘭可以在一天內看完。

但是看完跟學會是兩回事。

羅蘭曾經看過維克學習的書籍，那上面的字，一個個拆開來看他都認得，等到合併起來以後，他就完全看不懂了。

他很擔心這些書籍也是這樣。

「《基礎元素理論》和《元素概論》只是讓你對元素有基礎認識，並不在教學課程中，閒暇時自己翻書閱讀即可。」

「《冥想鍛鍊法》和《魔戰士之雷火體系（格雷特版本）》會由導師的鏡像幻影進行教學。」

魔麗塔不清楚羅蘭對於學習的擔憂，解釋了幾句後，就展開了相應的課程。

學習《冥想鍛鍊法》時，羅蘭面前出現一個發光的人形，人形在他面前站了兩秒鐘後，就變成一個跟羅蘭一模一樣的人。

「現在開始《冥想鍛鍊法》！」偽羅蘭露出一個跟真羅蘭一樣的燦爛笑容。

「好厲害……」

羅蘭驚奇地看著另一個自己，好奇地上前摸了摸他的臉，摸了摸頭髮，摸了摸手，摸了摸胸口……

「請不要對老師性騷擾！」偽羅蘭正經八百地抓住羅蘭的手，退開了一步。

「老師，你是怎麼變得跟我這麼像的？」羅蘭的藍色眼瞳中充滿好奇。

「鏡像術、幻影術、偽裝術、化形術……這些都能夠改變外貌。」

「那我可以學嗎？」羅蘭興致勃勃。

他想著，要是學會以後，他可以變身成維克哥哥、變身成克拉克爺爺，跑到他們面前嚇他們一跳，那一定很有趣！

「可以，但是要等到你學會冥想法、提高精神力之後。」

「好耶！我們快點開始吧！」

「冥想之前，你要找到一個安靜、不會被打擾的地方……」

「嗯嗯！」羅蘭乖乖地點頭。

「冥想沒有特定的姿勢，你可以用自己覺得最舒服、自在的動作進行冥想，坐著或躺著都行，要是你覺得站著冥想舒服，也可以站著。」

羅蘭直接躺下了。

「而後，調整呼吸，集中意念……」

偽羅蘭一步一步地進行教導和指引，讓羅蘭進入冥想之中。

羅蘭很有天賦，初次進行冥想學習就進入了深度冥想。

等到他從冥想中緩緩清醒時，時間已經過去了兩小時。

他大大地伸了個懶腰，從地上坐起。

「感覺如何？」偽羅蘭問道。

「很好，很舒服，像是好好的睡了一覺，整個人精神百倍！」

「是的，冥想除了可以鍛鍊精神力之外，還能夠讓人精神充足、紓解疲憊和心情壓力，許多魔戰士和法系職業都會用冥想代替睡眠和休息……」

「冥想並不是越長時間越好，只要能夠進入冥想狀態，一天半個小時、一個小時也行，重要的是持之以恆……」

「好。」

羅蘭在晚上睡覺前和早上起床後也有類似的冥想訓練，是爸爸定下的規矩，現在只要將原本的冥想訓練換成現在這個就行了。

冥想課程結束，接下來就進入魔戰士的訓練主題啦。

魔戰士課程的老師換成一名紮著鬆鬆的辮子、臉頰兩側有碎髮落下，樣貌俊秀斯文，看起來像學者而不像是戰士的青年。

眼前的人相當眼熟，羅蘭在一樓大廳有看見他的畫像。

「嘖，怎麼是你呀！」老師一見到羅蘭，就露出一副嫌棄的模樣。

他正是在大廳中遭受羅蘭近距離「騷擾」的格雷特。

「老師好！」羅蘭笑容燦爛地向對方打招呼。

伸手不打笑臉人。

羅蘭都已經笑得這麼燦爛開心，好像見到故交好友一樣了，而且嚴格說來他們之間也沒什麼紛爭，格雷特也就收斂了情緒，開始上課。

「現在先教你一套基礎戰技，看好了……」

格雷特的手上出現長刀，開始在羅蘭面前一招一式的示範。

羅蘭很有戰鬥天分，看過一遍，實際演練了兩回就將整套戰技記住了。

對於羅蘭的表現，格雷特只是挑了挑眉，沒有多說什麼。

「基礎戰技記住了，接下來教你配合這套戰技的元素魔法……」

格雷特揮了揮手，身旁出現一個人形光影，淺灰色的人形上勾勒著紅色經絡，那是魔力運行的路線。

「感受周圍的元素，調動體內的魔力，用魔力當誘餌，吸引周圍的元素聚集，配合你進行攻擊……」

調動元素對羅蘭來說是陌生的，他嘗試了四、五次，才成功了一次。

「轟——」

刀鋒揮出，伴隨著的不僅是羅蘭習以為常的刀氣，還有騰騰火焰。

「哇喔！好帥！」

羅蘭看著前方因為沒有目標而漸漸消散的火龍，興奮又激動地讚嘆道。

「力量還行。」

格雷特點點頭，心底認可了羅蘭的戰鬥天賦，面上卻依舊平靜。

「現在來進行實戰。」

「是！」

04

羅蘭不知道自己在傳承塔中待了多久，他只知道自己結束魔戰士的學習，被傳送出來時，其他人都已經回到《勇者新星選拔營》的堡壘上了。

即使如此，古代遺跡中也並非毫無一人。

空還在等他，狂刀天王也在等著他。

另外還有其他聞訊過來，想要分一杯羹的各大勢力高層，也在大廳中。

羅蘭的出現吸引了所有人的目光，審視、懷疑、好奇、算計……

不懷好意的視線讓羅蘭很不自在。

「你……」

有人想要上前抓住羅蘭詢問，卻被狂刀天王擋下。

「你的隊員都已經回堡壘去了，空前輩還在這裡等著你。」

狂刀天王來到羅蘭身旁，將他護送到空身邊。

「師兄我已經跟老師說了你的情況，克拉克老師很擔心你，他叫你出來後就聯繫他。」

狂刀天王朝羅蘭眨眨眼，故意用克拉克老師的身分鎮壓其他人。

「羅蘭是克拉克前輩的弟子？這件事怎麼沒聽說？」

「我好像沒有參加過這位小弟子的拜師宴？」

半信半疑的旁人，開玩笑地詢問道。

「克拉克前輩不是說不收徒了嗎？狂刀，你可別隨便代替老師收徒啊……」

部分人認為狂刀天王是自己想要招攬羅蘭，才拿克拉克前輩的名義出來壓人。

「小師弟從小就跟隨老師學習，最近才被我老師放出來歷練，要是不相信，你們可以自己去詢問他。」

其實克拉克原本沒有打算現在就將羅蘭的身分暴露出來，他希望是在自家小徒弟闖出名號後，才公開他們之間的師徒關係。

免得有些人故意扭曲事實，說羅蘭得到的一切榮耀都是他這個老師為他安排的。

只是羅蘭在傳承塔中待了太久，其他人都只是在傳承塔中待一兩天就被傳送出來，而他這一待竟然就是半個多月。

這麼長的時間，很容易讓人以為他在裡頭得了莫大的好處。

要是羅蘭沒有背景、沒有靠山，等他出來後，肯定會被人抓去審問。

為了小徒弟的安全，克拉克這才決定提前公開他們的關係。

只是就算是這樣，還是有些人蠢蠢欲動。

畢竟克拉克已經老了，即使他的名聲還在，威勢也大不如前。

他的幾位徒弟雖然都是一方強者，但是他們都有自己的產業、家人和徒弟，需要顧忌的事情太多，不見得能為羅蘭出頭。

現在這座古代遺跡已經對外開放了，但是傳承塔的進入名額有限，一座傳承塔只能容納五千人。

人數聽起來不少，但是各方勢力分一分，能得到的名額也不過就是十名左右。

雖然可以輪流進入，可是嚐過甜頭、從中得到好處的人，能願意將名額給別人嗎？

再者，傳承塔會依據個人資質和學習程度進行教學，這也就造成了，有些人在裡頭待一兩天，就被塔靈認為他已經學習「飽和」，被送出了傳承塔。

而想要再度進入傳承塔，那就需要支付「功勳點」。

功勳點可以從塔靈發布的任務和學習課程、考核評價中獲得。

只是由於時代變遷的關係，塔靈發布的任務有一大半都被迫作廢，例如收集古代存在但是現代已經滅絕或是瀕危的魔植、動物、礦物等等，甚至是獵殺深淵魔族和魔獸……

深淵的出入口已經被封閉，他們根本無法進入。

而一部分大陸仍然存在的魔獸又太過強悍，獵殺牠們所付出的成本跟功勳點收入根本不平等，要是真能獵殺到那些強大的魔獸，他們寧願賣給其他人賺錢，也捨不得拿來兌換功勳點。

如此一來，可以迅速又方便取得功勳點的方式，就是學習和考核了。

羅蘭在裡面待了那麼久，獲得的功勳點肯定不少吧？

即使現場還有空跟松乘古樹在等待羅蘭出現、護衛他的安全，但是他們能夠庇護一時，可庇護不了一輩子。

就在某些人正在盤算要用什麼手段暗算羅蘭時，又一道人影出現。

來者懶洋洋地環視一圈，目光最後停頓在羅蘭身上。

「格雷特老師？您……找我嗎？」

羅蘭喊出了來人的名字，朝對方走進了幾步。

「羅蘭學員，老師都還沒有發布課後作業，你怎麼就偷跑了？」

「啊？」羅蘭滿臉茫然。

明明是老師說了「下課」，他才被塔靈傳送出來的，怎麼又變成是他偷跑了？

「拿去。」

格雷特手一揮，一個大箱子突兀地出現，沉甸甸地壓在羅蘭手上，他差點被壓扁在地上。

「裡面的書要看完，下次過來我會考試。」

「書？」羅蘭瞬間瞪大眼，滿臉的抗拒。

「怎麼？不願意看書？」格雷特瞇起眼睛，露出不悅神色。

「沒、沒有！」

羅蘭立刻否認，經過這段時間的相處，他很清楚格雷特老師的脾氣，一旦讓他不高興了，他就會變個花樣訓練，把羅蘭整得苦不堪言。

「可、可是，老師，我現在在參加比賽，恐怕沒有時間……」羅蘭苦著臉，表情為難又真摯。

彷彿他真的是個熱愛學習的好學生，只是被比賽耽誤了一般。

「比賽要比一整天嗎？沒有休息時間嗎？」格雷特怒瞪他一眼，惡聲惡氣的威脅道：「別以為離開遺跡我就追蹤不到你，我隨時都能找到你，查看你到底是在偷懶還是學習！」

「……知道了，我會努力學習。」羅蘭苦著臉答應。

羅蘭的表現讓其他覬覦的人忌妒不已。

那可是傳承塔老師贈送的書啊！說不定是各種珍貴的密技、絕招呢？

外面一堆人想搶都搶不到，而這小子竟然還滿臉的不願意？

「老師，我非常熱愛學習！非常喜歡看書！」某法師積極地向格雷特示好。

「喔，那跟我有什麼關係？」格雷特非常不領情地給了冷臉。

「格雷特老師是魔戰士。」羅蘭好心地補充提醒。

職業不對，是勾搭不到格雷特老師的。

羅蘭的解釋並沒有得到對方的感謝，那名法師厭惡又高傲地掃他一眼，哼了一聲。活像是看到一隻噁心的蟲子一般。

「碰！」

下一瞬間，法師就被踢飛出去，在空中劃出一道弧線後，狠狠地撞在入口處的牆上，落地後，他癱倒在地上動彈不得，只有隱隱傳出的呻吟顯示他還活著。

行兇的格雷特老師面無表情地拍了拍褲子，冷聲道：「伊凡，出入的人控管一下，不要什麼垃圾都往裡面放。」

隨著他的叫喚，一位銀髮、銀色眼瞳、銀白色修身禮服、通體銀白的青年塔靈現身，以管家的姿態向格雷特行禮。

「是，以後會對進入的人進行篩選。」

格雷特老師微微頷首，又指了指羅蘭。

「我這學生喜歡偷懶，你給他標記一下，到了上課時間就把他拉過來上課。」

「是。」

塔靈伊凡抬手一揮，羅蘭的額頭上出現一道銀白色印記，而後隱入肌膚之中。

「等等！老師，我還在比賽！不可能隨傳隨到！」羅蘭提出抗議。

「放心，不會影響你比賽。」格雷特老師霸道回道。

「可是……」

羅蘭還想掙扎，卻被格雷特老師一個眼神定住，再也開不了口。

看著「身在福中不知福」的羅蘭，狂刀天王忍不住輕笑一聲。

他現在知道為什麼他跟老師說，他會照顧小師弟時，老師會對他笑得那麼古怪了。

小師弟這是什麼奇妙的吸引力啊？

棺族、龍族、時空雲獸、魔獸森林的森靈，還有現在的「格雷特老師」，一個個都將他當成自家晚輩看待，護他護得這麼緊！

既然如此……

「格雷特老師，接下來就是選拔營的複賽了，複賽現場開放來賓參觀，不知道您有沒有空……」

第六章　傳承塔的機運

01

羅蘭一返回《勇者新星選拔營》的堡壘，就得到了小隊的熱烈歡迎。

「我們還以為哈瓦會是最後一個回來的，沒想到你回來的比他更晚！發生什麼事了嗎？」維克關心地詢問，目光透著擔憂。

當初進行資質檢測時，突然有位老者透過精神力傳訊給他們。

對方說他是棺族的老祖宗，哈瓦進行資質檢測時，陣法察覺到哈瓦是棺族人，就將待在傳承塔中沉睡的老祖宗給喚醒了。

老祖宗發現哈瓦的存在，就將哈瓦抓了過去，想要詢問他棺族現在的狀況，並傳授他棺族的專屬技能。

哈瓦怕羅蘭他們發現他突然消失會著急的到處找尋，便拜託老祖宗替他傳話，讓朋友們不要為他擔心。

為了遮掩哈瓦消失的情況，羅蘭他們在檢測完畢時，說話都特別注意，刻意不去提到哈瓦。

雖然這麼做有欲蓋彌彰之嫌，不過檢測資質的人那麼多，應該不會有人去關注他們。

至於節目組的直播拍攝，雖然鏡頭跟進了秘境，但是鏡頭的數量不多，節目組都在專注拍攝大廳和秘境的環境，並沒有將拍攝重點放在學員身上，應該沒有拍攝到哈瓦消失的畫面。

再說了，就算拍到了也無妨。

棺族的祖先教導自家族人，本就是天經地義的事情，外人管不著。

相較於哈瓦，羅蘭的情況更叫人擔憂。

他並不像哈瓦，屬於特殊種族，族裡有自己的傳承祕法，外人想學也學不了。

而且羅蘭是人類，所有種族之中，人口數最多的就數人類了。

即使魔戰士的入職門檻較高，也還是有許多競爭者。

維克聽說，傳承塔是有名額限制的。

一大堆人正擠破了頭，想要爭奪名額，在這種情況下，羅蘭身為第一個進入傳承塔的幸運兒就令人忌妒了。

再者，人心難測。

有些人檢測出來的資質不好，他不一定就會更加努力鍛鍊，反而會去妒恨資質比他好的人，彷彿只要將比他厲害的人踩下了，他就能成為最優秀的人一樣。

簡直可笑。

羅蘭不清楚維克的擔憂，興奮又開心地將自己的經歷說了一遍。

「……塔靈給了我好多獎勵！」

「格雷特老師上課很嚴格，一些小地方沒做好他會叫你重複練習好多遍。」

「雖然格雷特老師說話有點氣人，不過他人很好，知道我在比賽，不能隨便過去傳承塔，他還讓塔靈標記我，在比賽的空檔就把我傳送過去上課……」

「狂刀天王還想邀請格雷特老師當來賓，來觀看複賽，格雷特老師答應了。」

「離開的時候，格雷特老師還扔給我一個袋子，說是他不要的雜物，看我要不要用，不要就丟了……」

羅蘭取出格雷特老師給他的袋子，將裡頭的東西倒出。

袋子裡面的物品頗多，叮叮噹噹地落下，很快就堆滿了桌面。

物品有匕首、獵刀、法杖、腰帶、帽子、面具、項鍊、戒指、胸針等物，種類繁多。

「這手套、胸針跟帽子是女款的吧？」維克略顯遲疑地看著羅蘭，「格雷特老師是女生？」

那兩件物品的樣式簡約，但是從細節處的花紋還是可以看出是女性衣飾會用的花樣。

「老師是男的。」羅蘭搖頭，又滿臉迷糊，「格雷特老師會不會拿錯給我了？」

「不，或許是……」

維克還沒將他的猜測說出，羅蘭就急匆匆地拿出格雷特老師給他的通訊小鳥，跟他進行連線。

「什麼事？」

精緻的金屬小鳥嘴中傳出格雷特的聲音。

「老師，你給我的東西有女生用的飾品，你是不是不小心拿到你姊姊或妹妹的東西了啊？」

「……那些是我在戰場上拿到的戰利品。」

「可是那些是女生的東西……」羅蘭的腦筋一下子拐不過來，愣愣地接話。

「難道你在戰場上殺人還要分男女嗎？蠢貨！」

格雷特直接掛斷通訊，不想再跟羅蘭說話。

羅蘭等人安靜了幾秒鐘，隨後開始「分贓」，將格雷特拋到腦後去。

女性飾品以及治療職業用得上的東西都給馬雅；獵刀、匕首和一條鑲嵌了敏捷寶石的腰帶給馬赫；項鍊和戒指給了維克，這兩件物品是同一系列，具有防禦和儲物功能，儲物空間有十立方。

哈瓦本來不想拿，因為他已經從老祖宗那裡拿到許多東西了，只是那些物品都是棺族才能使用的，所以他沒辦法跟夥伴們分享，自然也就不想再多拿羅蘭的東西。

「這面具很適合你，你不是不喜歡被人盯著看嗎？這面具有隱匿和讓別人忽略的效果！」

羅蘭拿起一張精緻的半臉面具，將它扣在哈瓦臉上。

面具是黑底銀紋，哈瓦的衣著也都是以黑色調為主，面具加上棺族本身安靜疏離的氣質，讓人有一種隱匿於陰影之中的神秘感，相當獨特。

第六章　傳承塔的機運

「真好看！」羅蘭笑著稱讚道。

「哈瓦戴上面具以後，整個人有一種神秘感耶！真帥！」馬雅也跟著讚美。

「這面具很適合你！」馬赫也朝哈瓦豎起大拇指。

「……」哈瓦摸了摸面具，耳朵害羞地泛紅。

「咦？這個儲物飾品裡頭有東西。」

維克查看儲物飾品時，發現裡面堆放了幾個木盒子。

拿出來一看，發現那是一套完整的煉藥器具和幾組用來裝藥劑的空瓶子。

「這瓶子看起來跟我們現在用的不太一樣？」羅蘭看向維克詢問。

「這是相當高品質的平衡水晶，存放藥劑的保存效果很好。」見多識廣的維克回答道：「平衡水晶可以促進藥劑的結構穩定，降低副作用……這種水晶現在已經不多見了。」

「賈德森伯伯肯定想要！」羅蘭笑哈哈地說道：「這次出門，賈德森伯伯也贊助了我們很多藥劑，要不，我們把瓶子送給他？」

肥水不落外人田。

即使這平衡水晶瓶可以賣出高價，羅蘭想到的第一個人選還是他熟悉的藥劑大師賈德森。

「煉藥器具也一併送了吧！」」維克將煉藥器具和水晶瓶交給羅蘭。

「現在都找不到工藝這麼精湛的煉藥工具了，賈德森伯伯收到這兩件禮物一定很高興。」

其他人對此也沒有反對。

不過是一套煉藥器具跟幾組空瓶子而已，羅蘭想送人就送吧。他們已經從羅蘭那裡拿到很多東西了，沒必要貪心。

分贓完畢，接下來就要進入正題了。

「過兩天就要進行複賽了，聽說複賽只取前五十名的團隊，剩下的全都要淘汰！」

維克說出他打探到的消息。

「嘶！那不是一大半的隊伍都沒了？好狠！」馬赫抽了一口冷氣，表情扭曲。

「這樣才有話題性嘛！」

馬雅倒是不覺得這有什麼奇怪的，話音一轉，她說起在餐廳聽來的八卦。

「我聽說啊，我們這個節目的觀看率很高，話題討論度也比其他節目要多，熱門話題榜上，前二十個熱門話題，有十三個都是在討論選手和節目，好多贊助商、廣告商都跑來要跟節目組合作呢！」

「那跟我們又沒有關係。」馬赫撇撇嘴，頗不以為然。

「笨蛋哥哥！」馬雅恨鐵不成鋼的瞪他一眼，「節目爆紅的話，我們也會有名氣，會有很多學員跑來光輝之翼報名，還會有很多人去我們的小鎮旅行！這樣大家就都能賺錢了！宣傳課老師的話你都沒在聽嗎？」

宣傳看起來跟勇者團似乎沒有關係，但現在已經不是過往的實力至上時代了。

以前的鍊金產物少，需要依賴勇者本身的強悍實力去完成任務，所以以往的勇者隊長都是團隊實力最強大的人，而勇者團中最出名的人，只有隊長和副隊長。

所以舊時代的勇者團，與其說他們是團隊，還不如說是「勇者和他的手下們」。

可是現在不同了，即使武力值偏低，但是只要有完整的團隊規劃，有各種職業的隊員互補協助，搭配完善的後勤輔佐，以及各種高科技產物的妥善應用，實力不特別強大的勇者團同樣能夠順利地完成任務。

現在的勇者團隊，更重視團員們的配合默契，是名符其實的「團隊」。

如果勇者團隊不順應潮流進行轉型，恐怕就會像那些傳統團隊一樣，失去民眾的關注和雇主的青睞，慢慢沒落。

馬雅是團隊的治療師，但是她知道自己的治療並不算強大，也一直想要提高自己，為團隊做更多的貢獻。

在上過宣傳課程，了解宣傳的強大後，她便深深為這門課程著迷，私底下也構想出各種宣傳方案，想要提高團隊和光輝之翼培訓館的名氣。

維克得知她的想法後，便決定讓馬雅在《勇者新星選拔營》進行嘗試，要是有成效，等到比賽結束，便聘僱馬雅為培訓館的宣傳。

能夠得到新的工作機會，讓馬雅很意外。

更讓她高興的是，她才學習過幾堂宣傳課程，是個連學徒都算不上的新手，維克竟然願意讓她在選拔營這麼重要的比賽中進行嘗試。

如此的信任，讓她很感動，又有點害怕。

馬雅擔心自己會搞砸，會讓團隊失去好機會。

她怕自己變成團隊的罪人。

儘管哥哥和維克一再安撫她，說選拔營的比賽更看重的是實力，就算宣傳效果不佳也不會有影響，讓她放寬心……

但她還是害怕。

「妳想放棄嗎？」羅蘭看著她問道。

「什麼？」馬雅愣愣地反問。

「要是妳這麼害怕……也可以放棄的。」

「我……」

想放棄嗎？

馬雅抿了抿嘴，沉默幾秒後，抬起手來打了自己一巴掌。

這一掌，將她的猶豫不決和害怕都打飛了。

「我不放棄！我要做！」

什麼都還沒做就放棄，可不是她的性格。

02

「各位選手，好久不見啊！最近過得好嗎？」

主持人米婭穿著一身淺藍色衣裳，笑容甜美地喊道。

「好久不見！」

「餐廳的菜很好吃！」

「老師很棒！學到好多東西！」

選手們很給面子的回應，現場響起熱烈的歡呼聲。

初賽過後，選手們一頭埋進任務和課程學習中，就連到餐廳吃飯也是行色匆匆，身為主持人的米婭自然不能去干擾選手們，所以她的工作就成了待在播放室內，跟評審和來賓觀看拍攝畫面，一邊跟觀眾們互動，一邊說些點評選手或是調侃選手的話，藉此為平淡的競賽日常增添些趣味。

只是坐在播放室觀看影片、聊聊天，似乎很輕鬆？

如果只是尋常聊天，那當然輕鬆，可是這是節目啊。

天曉得米婭為了找尋話題、增加趣味性掉了多少頭髮！

節目組聘請的評審跟來賓可有個性了，他們只針對感興趣的話題說話，遇到不感興趣的內容就不說話，沒有聊天的興致時也不開金口。

米婭又不能放任現場冷場，只好自己一個人唱獨角戲，叨叨絮絮的說了一堆，真的想不出話題時，她甚至連小時候做過的糗事都搬出來說，拚命地想要將氣氛炒熱。

可把她累慘了！

幸好前段時間秘境出現，大家的關注點都在秘境那裡，她只需要將話題往秘境和上古時期的強者引去，就能讓來賓和評審巴啦巴啦的說一堆話，不需要傷腦筋的想話題。

那段時間可真是太幸福了！

「今天是複賽開始的日子，大家有沒有很激動？」

「有！」

米婭積極地調動眾人情緒，將氣氛炒熱後，直接進入正題。

「現在滅靈三代堡壘已經移動到複賽的比賽場地上空，複賽將會在一座島嶼上進行。」

「複賽時間為期兩星期，選手的成績按照積分排名，排名每小時更新，各位選手可以透過通訊環得知排名……」

「選拔營在島上安裝了機關、投入了各種等級的魔獸，還有各種小任務跟生活物資……」

「挑戰難度越高的任務和魔獸，得到的積分也越高。」

「選手們可以使用積分兌換各種需求的物資，像是鍋碗瓢盆、食物、水、藥品、衣服、武器等等，所有物資的種類和價格可以在通訊環進行查詢。」

「另外，物資的兌換積分並不是固定的，會按照不同的情況進行調整，這一點請各位選手多加注意，兌換錢請看仔細！」

「排名是按照實際積分進行排名，如果積分花費出去，排名就有可能下降，請各位團隊自行斟酌積分的使用。」

「團隊間可以互相搶奪積分，但是不能故意重傷甚至是殺死其他選手，要是團隊惡意犯規、嚴重傷害其他選手，節目組會按照法規處理。」

「要是遇到生命危急的情況，選手可以發放求救信號彈，節目組會派人救援。」

「請注意，一旦發放信號彈，就表示棄權退出。」

「請問棄權的話，是個人棄權，還是整個團隊都要退出？」選手們著急地詢問。

「是以個人為主。」米婭回答道：「複賽中，只要最後還有隊員留存，即使只剩一人，團隊都還算存在，依舊會被列入排名之中。」

聽到不是一人出局、團隊淘汰，眾人就安心了。

「別著急，我還沒跟你們說複賽獎勵呢！」

看著蠢蠢欲動、急迫地想要開始比賽的選手們，米婭笑容滿面地安撫。

「相信大家都知道，前段時間，狂刀天王和他的團隊發現了上古秘境！複賽第一名的獎勵就跟這個秘境有關！大家知道是什麼嗎？」

說到這裡，米婭故意停頓下來，賣起了關子。

「跟秘境有關？該不會是進入秘境的名額吧？」

「真的假的？我聽說秘境名額都被搶光了，節目組能弄到？」

「說不定呢？節目組背後的靠山也不差啊……」

「我覺得，頂多就是秘境一日遊，讓我們進去裡頭逛逛，不可能讓我們進去傳承塔……」

「逛秘境？那有什麼好玩的？」

等到眾人都猜測得差不多時，米婭這才緩緩宣布答案。

「《勇者新星選拔營》真的對選手們很用心，邀請了各方各界的厲害老師為大家上課，還為大家爭取到一個非常、非常、非常難得的機會！」

「本次複賽第一名的團隊，將可以獲得傳承塔名額，進入傳承塔學習！」

「喔喔喔喔喔喔喔！」

「竟然是真的！」

「真的可以進去傳承塔？」

「太棒了！我們一定要得第一！」

「呵，就憑你們？」

「別想了，第一是我們的！」

眾選手摩拳擦掌，燃起了熊熊鬥志。

「等等、等等，我還沒說完呢！」

主持人米婭抬手往下壓了壓，示意眾人安靜。

「第一名的團隊可以全員進入傳承塔，而第二名的團隊可以獲得三個傳承塔名額，第三名團隊可以獲得一個名額。」

「另外，直播間人氣第一名的團隊，也可以獲得一個名額獎勵！」

「喔喔喔喔喔！」

「太棒了！」

「我愛選拔營！」

眾人又是一陣歡呼。

「現在時間是早上八點十一分，複賽將於八點三十分開始。」

「請各團隊隊長上前抽籤，抽取登島編號。不同的編號，登島的時間和位置也不一樣。選拔營會按照順序，每十分鐘放一批選手……」

登島的順序和位置很重要，被放置到懸崖峭壁上跟被放置到資源豐富的森林裡，是兩種完全不同的生存環境。

而越早進入島上，就能越早展開行動，提前蒐集到東西，後面才登島的人不只少了先機，也很可能會遭遇前人的埋伏。

羅蘭的手氣不錯，編號二十二號，雖然不清楚目的地，但是至少是第一批進入島嶼的。

「好！現在大家都已經抽籤完畢！《勇者新星選拔營》複賽正式開始！預祝大家比賽順利！都能有個好成績！」

主持人米婭拿出信號槍，對著天空鳴槍後，槍口噴出魔法光柱和大量紅色霧氣，在空中畫出一道筆直的軌跡，這是比賽開始的訊號。

選手們站在節目組安排的魔法陣前，按照順序進入魔法陣，由陣法傳送到目的地。

彩光一閃，光輝之翼小隊成員站在一條溪流邊，溪流的兩側有樹林。

「位置還不錯。」維克環顧四周後，笑著稱讚一句。

有水，有樹林，周圍的地形也很開闊，可以紮營，顯然是一個很不錯的營地。

只是他們才剛進來，不可能立刻紮營休息，還是要到處走走，找尋節目組安排的任務跟物資。

維克等人決定先將溪流的位置記下，再往附近蒐羅一圈，了解這裡的環境。

「樹上有東西！」

羅蘭眼尖地發現卡在樹枝之間的盒子，白色盒身上有幾個深藍色的字，寫著《勇者新星選拔營》，不用擔心會認錯。

打開盒子一看，發現裡面是一塊巴掌大的麵包。盒子有麵包的兩倍大，麵包擺在裡面看起來空蕩蕩的，看起來有些窮酸。

「……好摳。」馬赫忍不住吐槽。

「節目組嘛！正常操作。」馬雅嘴上這麼說，卻也忍不住翻了個白眼。

「如果盒子裡的食物都長這樣……我們還是自己打獵吧！」

羅蘭摸摸肚子，想著自己的大胃口，瞬間放棄節目組安排的食物補給。

之後，他們又陸續找到幾個盒子，獲得了一小包鹽（五十克）、一小包糖（二十克）、一小瓶水（三百毫升），以及一張任務單。

「任務：採集『矮人鬍鬚』三十株，可以獲得十積分。」維克念出了任務內容，「注意，採集的植物需要完整，不能有損壞，破損植株不算分。」

「矮人鬍鬚？我記得這是一種長的像矮人鬍鬚的植物對吧？這東西要去哪裡找？」馬赫納悶地問。

如果是問他魔獸相關的知識，他可以滔滔不絕地跟人說上幾天幾夜，可是植物就不行了，他對植物實在不感興趣，即使被妹妹壓著學習，也還是記得零零散散。

「矮人鬍鬚生長在火山地帶，這裡有火山嗎？」羅蘭點開了通訊環，查看上面的地圖。

搜尋後發現，島上的北邊有火山，而他們現在的位置在中間偏南的地方。

「有點遠啊……」馬雅嘟囔著。

「沒關係，反正任務沒有完成也沒有懲罰。」維克說道：「我們先接下任務，之後有過去再找。」

任務卡上有個特製魔法陣圖案，羅蘭等人只要將通訊環的鏡頭對準圖案拍照，這個任務會自動輸入通訊環的任務欄位，等到他們完成任務後，獎勵積分也會自動到帳。

「快中午了，我們先找食物吧！」羅蘭摸著肚子說道。

「那邊，有野豬群。」哈瓦指著一個方向說道。

哈瓦跟老祖宗學了偵查技能，可以偵查周圍十公里以內的動靜。

「好耶！中午吃烤豬肉！」羅蘭歡呼道。

03

經歷一番轟轟烈烈的戰鬥……

其實也沒有。

羅蘭一招就將野豬群給秒殺了，根本不需要其他人出手。

「這也太厲害了……」馬雅看著地面被火焰劍氣劈出的焦痕，瞠目結舌地說道。

「太帥了！這就是魔戰士的招式嗎？剛才那招叫什麼？」馬赫滿是羨慕，卻也沒有忌妒。

他知道自己的資質比不上羅蘭，更何況他在傳承塔也有學到東西，比起其他連秘境都進不去的人來說，他已經相當幸運了。

「這是魔戰士的基礎戰技，沒有名字。」羅蘭笑嘻嘻地回道。

「這麼帥氣的招式竟然沒有名字？我覺得可以叫它火焰劍！」馬赫興奮地提議。

「火焰劍太普通了，好多招式都叫這個名字。」馬雅提出反駁，「剛才那火焰像一條蜿蜒的蛇，我覺得可以叫做火蛇劍！」

「蛇感覺沒有氣勢，可以叫烈焰斬。」哈瓦也跟著提名。

「烈焰斬不錯，有氣勢！」馬赫立刻附和。

「烈焰斬這個名字也很常見……」馬雅不服氣的嘀咕。

眾人你一言我一語的閒聊，手上動作也沒有停歇，將野豬群剝皮、去骨、去掉內臟，並將野豬的心核收起，為自己增加積分。

等到忙完這些後，時間也來到中午，一行人找了個安全地點，開始烤野豬肉當午餐。

野豬肉被帶著火焰元素的刀氣砍過，呈現半生熟狀態，烤起來方便迅速，非常節省時間。

「烈焰斬還有增加美味的效果嗎？怎麼它砍過的野豬肉這麼好吃？」馬赫震驚地看著手上的烤肉串。

「這肉的味道完全沒有腥味，肉質鮮嫩多汁……」

一般而言，野豬身上的腥羶味都很重，需要用大量香料去腥調味，才能掩蓋住那股味道。

可是他們現在吃的野豬肉卻沒有這股氣味，實在非常難得。

羅蘭歪著腦袋想了想，「發明這套劍招的格雷特老師說，他們那時候需要對抗深淵怪物，所以會在招式中附加光和火元素，光元素可以淨化一切毒物、污穢和負面效果，或許是因為這個關係，豬肉才變得好吃？」

「腥羶臭味算是負面效果？所以也被淨化了？」馬雅若有所思地喃喃自語，「原來光元素還能這麼用啊？」

一直以來，治療師和光系法師都是將光元素運用在戰鬥跟治療方面，從來沒有往食物方面使用，現在倒是帶給了馬雅一個新思路。

「如果用光系法術提純草藥，效果會不會更好？」

「可以啊，老師說，他們那時代的治療師和藥劑師都會用光系法術增強草藥效果。」羅蘭點頭回道，隨後又補充一句：「不過老師那個時代的光系法術跟現代的光系法術不太一樣，我不確定用現代的光系法術是不是可行……」

「我以後試試看。」馬雅回道：「傳承塔老師教的基礎光系治療術，跟我以前學過的不同，兩種法術應該各有它的優缺點。」

馬雅在傳承塔中學習的是治療師課程，雖然只學了基礎，但已經足以讓她分辨出古代和現代的不同。

並不是說古代的法術就一定比現代好，畢竟時代在改變，很多東西都在變動。

以前的元素能量豐沛，耗費能量的大型法術可以豪邁施放，像燃放煙火一樣的到處炸；現在元素能量沒有古時豐沛，大家便開始走輕量、精巧、輔以各種道具輔助的路線。

古時因為深淵裂縫的存在，導致不少地區都遭受深淵元素的污染，所以光系法術和各類道具相當受歡迎，光系法師、治療師和光系戰士成為最受歡迎的職業。

而現在，深淵裂縫沒了，深淵危機沒了，不需要再以光系為主力，其他系別的法術和知識開始興起，變成百花齊放的狀態。

「等一下遇到魔獸的時候，羅蘭先別用魔戰士的招式，讓馬雅用魔獸肉測試。」維克提議道。

「好。」

羅蘭點頭答應，而後像是想到什麼，從空間裡取出一個金色物品。

「這個是占卜靈擺，尖帽子占卜屋的瑪麗蓮婆婆送我的禮物。」

「這就是魔女的靈擺啊？真漂亮！」馬雅讚嘆道。

靈擺由兩個部分構成，一個是金色的長鍊，另一個是純淨、透亮的白水晶，水晶約莫一根手指長寬，形體是六邊形柱體，頂部與鍊子相連，底部則是切割成錐狀，如同指引的箭頭。

白水晶裡頭有如同水霧一樣飄盪的紫色物體，那就是瑪麗蓮婆婆輸入的能量。

「瑪麗蓮婆婆不是說你沒有這方面的天賦？你能使用嗎？」維克感興趣地詢問。

他以前也看過占卜相關的書籍，知道占卜這一門相當重視靈感天賦，有天賦的人，就算從沒學習過依舊可以迅速入門，沒天賦的人，即使看了一堆書籍、學習了幾十年，也還是會被攔在門外——依舊能夠進行占卜，但是一輩子都成不了大師。

「瑪麗蓮婆婆說這個靈擺裡面灌輸了她的力量，不需要學習就能使用，但是只能夠進行十次占卜。」羅蘭回答道。

「咒語呢？你有記熟嗎？要是咒語有錯漏，那也使用不了。」

維克從書籍和旁人的介紹中得知，占卜師就像法師一樣，進行占卜時，需要咒語和道具輔助，而且對應不同的用途，道具和咒語也不一樣。

「不需要咒語。」羅蘭燦爛笑著，「咒語太多了，我記不住，瑪麗蓮婆婆就將它調整成簡易式占卜，什麼都不懂的外行人也能使用。」

維克挑了挑眉，如果真如瑪麗蓮婆婆所說，隨便誰都能使用，那這東西可真是相當不錯的商品。

「這麼好？瑪麗蓮婆婆有對外販售這種商品嗎？」馬雅很是心動。

「這東西的成本太高了，而且製作過程繁瑣，瑪麗蓮婆婆正在進行修改，想要做出成本比較低的靈擺，等到測試完畢就會對外販賣了。」

羅蘭又從空間裡取出一堆造型不一的靈擺。

「婆婆送了我一堆試驗品，讓我幫她測試準不準確，你們也拿幾個去用吧！」

「這些東西都是同樣的用法嗎？」

維克等人各自接過兩、三個靈擺。

「都是一樣的，不過這些靈擺是魔女姊姊們做的，只能使用三次。」

羅蘭緊接著拿出一張紙，按照紙張上的文字念道：「靈擺使用注意事項：一、詢問事項需要準確，對象、時間、地點、用途、目的等等，最好都要詳細告知，缺失一項，占卜的準確率就會下降一些。」

「二、進行占卜時需要專注，不可以有雜念。」

「三、問題要問三遍，要是三遍後靈擺沒有動靜，可能是詢問的問題沒有答案，或者是詢問的方式不對，請更換詢問方式。」

注意事項只有三條，並畫了幾個拿靈擺的姿勢讓不會拿靈擺的人了解，沒有一堆雜七雜八的叮囑，深得懶人的喜好。

羅蘭按照說明開始使用靈擺占卜。

「請告訴我，以我為中心，方圓十公里內，價值最高的資源在哪裡？」

在羅蘭詢問到第二次時，靈擺已經微微晃動起來了，但他還是將問題重複了三次。

靈擺水晶在沒有外力作用的情況下飄了起來，尖端的部分直直地指向一個方向。

「走吧！去看看！」

十公里的距離對他們這些職業者來說並不遠，跑一下就到了。

靈擺水晶指出的目的地是一處乾枯的河床，這裡的河水已經斷流，河底的泥土、石塊都露了出來，只剩下河中央還有極窄、極淺的水流流動。

「這裡有什麼東西嗎？」

馬赫走到河道裡頭來回張望，卻沒見到任何疑似資源的存在，只有河泥、大大小小的石塊和樹叢跟雜草。

「水晶指的位置就在這下面。」

羅蘭將水晶到處移動，水晶的尖端明確地指著河床。

更準確來說，是指向河床中央處的一叢雜草堆。

「這些雜草有什麼特別的嗎？」馬赫詢問著隊友。

「只是普通的雜草，沒什麼特別……」馬雅回道。

「會不會是在草堆底下？」哈瓦提出另一個可能性。

「挖挖看吧！」

維克從空間裡取出一把鏟子，很快就將雜草堆挖開，但是底下依舊沒看見任何物品。

「沒東西啊……」

「還要繼續挖嗎？」

「等等，水晶又指向石頭了。」

羅蘭走到被維克挖出，丟到一旁的石頭處。

他拿出一把匕首刮了刮石頭表面，削鐵如泥的匕首將石頭的表層刮下後，顯露出燦爛奪目、如同紅寶石一般的內在。

「這是……紅寶礦心？」維克認出了物品來歷。

「真漂亮……」馬雅被閃閃發亮的紅寶石吸引。

「紅寶礦心是什麼？」馬赫對這些東西不了解。

「它是礦脈的核心。」維克回道：「只要將它埋入地裡，經過一段時間的等待，就可以改造地質，變成新的礦脈。」

「這麼厲害？那我們不就發財了！」馬赫開心地咧嘴笑著。

「我們現在在進行比賽，這東西能歸我們所有嗎？」哈瓦提出最關鍵的問題。

「可以。」維克肯定地回道：「比賽當中，選手們找到的東西依舊屬於選手，節目組只是有優先購買權而已。」

不過就維克看來，這東西還是賣掉比較好，因為礦脈的生成並不是一朝一夕的，至少也要七、八十年的等待，雖然說，花時間等待一條礦脈生成也很值得，可他們是在眾目睽睽中取出這個寶物，一堆人都盯著他們呢！

維克敢保證，不管他們將保密功夫做的多好，只要他們將紅寶礦心埋入地裡，隔天肯定一堆人來偷。

與其天天提心吊膽的防備偷盜，還不如直接將它賣出，也可以免去一堆麻煩。

04

維克將自己的想法跟隊友說了，雖然捨不得，但是隊友們還是同意了維克販賣紅寶礦心的提議。

畢竟盜賊的手段層出不窮，有些高手甚至連國王的寶庫都能來去自如，他們可不想被這麼一批人盯上。

更何況，他們現在還在比賽中，要是比賽中途被其他團隊搶劫了，那他們就什麼都得不到了，還不如現在就將它賣給節目組。

做出決定後，維克立刻聯繫了節目組，讓節目組負責販售事宜。

為了避免意外狀況發生，節目組派人先將紅寶礦心帶走，並且跟他們討論紅寶礦心的積分數。

因為紅寶礦心屬於意料之外的物品，節目組沒有將它計算在內，而要是按照紅寶礦心的真實價值計算積分，那羅蘭他們也不用比了，直接按照第一名的成績晉升即可。

可是這樣的晉升只會帶給節目組和光輝之翼小隊負面評價，讓人覺得他們是在「作秀」，是故意保送光輝之翼小隊晉級的。

所以節目組在商討後決定，這紅寶礦心就按照節目組預先排定的積分表上，最高分的兌換積分來計算。

這樣一來，光輝之翼小隊雖然同樣會成為積分排行榜的第一名，但是他們跟其他團隊的差距不會很大，厲害的團隊幾天就能將積分追回來，而那些自認強大、在複賽前期沒有努力拼殺的團隊，也能在光輝之翼小隊的刺激下急起直追，讓節目更加精彩好看。

對於節目組的盤算，光輝之翼小隊也是同意的。

雖然運氣也是實力的一部分，不過他們也不希望自己靠著一顆紅寶礦心直升決賽，這樣的成績太「水」了，只會帶來各種負面批評。

「維克，紅寶礦心可以賣多少錢啊？」羅蘭問出了眾人最想知道的問題。

「礦心沒有相關的拍賣紀錄。」維克搖頭回答道。

礦心可是相當珍貴的存在，一般都不會拿出來拍賣，而是直接找熟人出手。

「我記得，幾年前曾經有一條紅寶礦脈進行拍賣，拍賣成交價是七億三千萬金幣……」維克說了一個相當龐大的數字。

「七億！」

「但是！」維克抬手制止他們插話，「因為我們獲得的只是礦心，所以價格會往下降，保守估計大概能賣出五億多……」

「這也很多了！」

「五億耶！我完全想像不到五億金幣是什麼模樣！」

「肯定能夠堆成金山！」

眾成員欣喜萬分地嚷嚷著。

「如果是五億，那我們一個人可以分到一億！可以買好多東西！」馬赫激動的握緊拳頭。

「我們可以給爸爸媽媽和兄弟姊妹都蓋一棟房子！還可以買好多食物！」馬雅也激動的附和，「爸爸跟哥哥的弓箭和農具都可以買新的，媽媽跟姊姊的織布機也可以換新的，還有家裡的桌子、椅子、櫃子、衣服……都可以買新的！」

即使得到一筆龐大的橫財，馬赫和馬雅能想到的也只有最樸實的願望，讓家人三餐溫飽，換掉家裡壞的、舊的東西。

哈瓦也雙眼發亮地掐著手指，嘀嘀咕咕地列著他要給家人和族裡添購的物品。

羅蘭和維克看著隊友們高興的模樣，他們也同感開心。

「節目組幫我們賣，那他們會抽成嗎？」羅蘭緊接著問道。

「會抽一成。」

維克跟節目組的交流中也有討論到這一點，一成是他們討論後決定的數額。

「會不會有人仗著勢力壓價啊？」羅蘭又問。

他以前在金色閃耀商會打工時，就曾經聽前輩們說過，有些地方的貴族勢力龐大，要是他們看上某件拍賣品，就會派手下去跟拍賣方說，讓拍賣方將東西撤下，直接留給他們，要不就是在拍賣場上抬出自家名號威脅其他參與拍賣的人，逼他們不要參與競價，好讓貴族能用拍賣底價獲得拍賣品。

剛才他們問過節目組紅寶礦心的拍賣底價，節目組的回應是「一億金幣」。

雖然說，一億金幣也很多，但是一億跟五億可是相差懸殊。

羅蘭一向奉行「等價交換」，紅寶礦心如果值得五億，那他絕對不允許對方用其他手段壓低價格！

維克拿出自己的通訊器聯繫父親，跟他說明這件事。

維克的父親雖然是金色閃耀商會的掌權者，但他畢竟只是商人，沒有武力值。

「我請空和王幫忙盯著吧！」

王是羅蘭遇見過的人之中，最為強大的存在。

他從空間裡取出一團如同蒲公英一樣的圓形球體，那是王交給他的聯繫物品。

他對著蒲公英嘀嘀咕咕地說了一通，將事情的前因後果都說明清楚後，蒲公英漲大了一圈，像是將羅蘭所說的話都包裹住了。

羅蘭抬起手，蒲公英順著他的動作飄飄飛起，瞬間就消失在他們面前。

蒲公英飛遠以後，羅蘭還是不放心。

「還是要多一點的人盯著才行……」

他在儲物空間裡頭翻找一通後，又拿出一個像是人類耳朵的物品。

「這是什麼？人的耳朵？」馬雅驚愣的瞪大雙眼。

雖然他們在小鎮上也經常見到缺了手、缺了腳、缺了眼睛、耳朵的傭兵和獵人，也知道有些殘暴的人會在打贏對手後，割下對方身上一樣東西作為戰利品，可是知道是一回事，親眼看見又是另一回事。

更何況這東西還是出現在他們認為最無害的羅蘭手中！

「不是、不是。」羅蘭連忙搖手解釋，「這是瑪麗蓮婆婆送我的『巫師之耳』，是一種魔法鍊金產物，不是真的耳朵。」

聽到是鍊金產物，眾人這才安心一些。

「巫師之耳的製作者在想什麼啊？」先前被嚇得寒毛豎起的馬赫低聲嘀咕，「怎麼會做出這麼恐怖的東西？」

羅蘭對著巫師之耳，將先前說的話再度重複一次，又說了他邀請王和空幫忙盯著，但是因為他們沒什麼金錢概念，所以請瑪麗蓮婆婆幫忙看顧一二。

等到羅蘭說完話後，巫師之耳傳來了瑪麗蓮婆婆的答應聲，又說她和魔女們都有在看直播，也有給光輝之翼小隊投票，祝福他們一切順利。

羅蘭笑著回應，雙方聊了幾句後就結束通話。

「瑪麗蓮婆婆的占卜屋就在我們小鎮上，是非常有名的占卜屋，很多人到我們鎮上都會特地去那裡進行占卜，大家搜尋艾尼克斯勇者小鎮尖帽子占卜屋就能找到……」

羅蘭對著直播鏡頭介紹了一番尖帽子占卜屋和瑪麗蓮婆婆的身分背景，利用《勇者新星選拔營》的直播為尖帽子占卜屋打廣告。

他們得到紅寶礦心的消息已經在網路上傳開，想要買紅寶礦心的買家、聞訊而來看熱鬧的觀眾齊聚在這個直播間，讓直播間的人數瞬間上漲數倍，現在正是關注度最高的時候。

為了感謝瑪麗蓮婆婆贈送的占卜靈擺，也為了幫尖帽子占卜屋打廣告，光輝之翼小隊決定之後的行動都用占卜靈擺做決定。

——反正現在複賽才剛開始，而他們又是積分榜上第一名，浪個幾天也沒關係。

於是，接下來的幾天，他們靠著占卜靈擺找到了珍貴的草藥、節目組提供的物資、昂貴的食材，並在大型魔獸群和其他團隊的圍攻下順利逃脫。

「呼、呼……」

團隊一行人狼狽地藏身於山洞中，他們剛剛從大批的魔獸群底下逃生。

「就說不能打、不能打，你偏要打！」馬雅氣呼呼地拍打著馬赫。

「我怎麼知道會有那麼多……」馬赫苦著臉，任憑馬雅發脾氣。

在他們遇見魔獸群時，因為魔獸群的規模處於「可以打，但是會戰得很狼狽」的數量，屬於可攻擊、也可避讓，要是出了什麼突發狀況也有可能團滅的情況。

五人團隊，兩個人想打、兩個人覺得危險，還有一個持中立立場。

馬雅便用占卜靈擺進行占卜，得出的結果是不能打。

但是支持「打」的馬赫卻沒有打消想法，因為馬雅使用的是只能占卜三次的靈擺，這種靈擺的準確率只有六成多，再加上他們遭遇的魔獸群屬於皮毛價值極高的錦緞狐，要是能將這群錦緞狐打下來，他們可以得到很高的積分。

別看他們之前拿到積分榜第一，幾天下來，在其他團隊的強勢追逐下，他們已經落到積分榜三十名以外了！

在馬赫的勸說之中，眾人還是選擇了打。

這一打，卻直接炸開了錦緞狐窩！

原本以為狐群只有三十幾隻，結果開打後錦緞狐不斷從草叢各處冒出，瞬間暴增成上百隻的大型獸群，把光輝之翼小隊揍得鼻青臉腫、到處逃竄。

險些團滅在錦緞狐的爪子底下！

要不是哈瓦放大招拖住錦緞狐群，他們還真的會被淘汰掉！

只可惜，哈瓦也因此被錦緞狐群圍困住，只能躲進棺材裡向節目組求救，被迫出局了。

第七章　終章

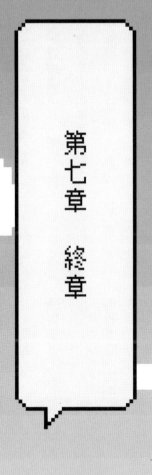

01

「別罵他了。」羅蘭攔住了馬雅，「決定攻擊錦緞狐群是團隊討論的決定，不能將過錯全推到馬赫身上。真要究責，也是我這個隊長的責任最大。」

隊長是團隊的決策者，即使是團員們一起討論，最後拍板定案的也是隊長。承擔成敗的，也必須是隊長。

「怎麼能說是隊長的錯，明明是我太貪心……」馬赫著急地搖手。

「行了。」維克打斷了這場談話，「事情都已經發生了，現在我們要想的是接下來該怎麼做，而不是一直為已經發生的事情懊惱。」

「現在大家都受了傷，先休息一、兩天養傷吧！」治療師馬雅給出建議。

在全員負傷又少了一名隊員的情況下，繼續勉強行動只會讓他們的境遇變得更糟糕，還不如先養好傷再做打算。

「這個山洞不錯，乾燥不潮濕，而且裡面也沒有野獸的氣息……」

羅蘭環顧山洞一圈後，起身往山洞內部走去。

「我去裡面看看，要是裡面也沒問題，我們就在這裡住下。」

「我跟你去。」維克起身追上他。

「那我跟我哥就先整理外面。」

馬雅拿出驅蟲蛇的藥包在洞外灑了一圈，馬赫砍了一根樹枝，捆上一堆雜草，做成簡易掃帚清掃山洞內部，而後又生起兩個火堆，一個燒水、一個等一下煮晚餐備用。

在兩人將洞口布置妥當時，羅蘭和維克也檢查回來了。

「山洞很深，原本只有一條通道，再往裡走就出現很多岔路，路線很複雜，我們走了一段路，擔心會在裡頭迷路就折返了，明天睡醒再去看看。」

羅蘭簡單扼要地說明他們探索的過程。

「通道裡有風，另一側應該有出口，我在通道口設置了警戒屏障，要是裡面有東西出來，我們會得到提醒。」維克說出他的安排。

就在眾人圍著篝火休息時，被淘汰的哈瓦也用精神力傳話向夥伴們報平安了。

哈瓦雖然遭到圍困，但是因為他藏身於棺木之中，所以並沒有受傷。

在節目組將他救走後，他就被棺族老祖宗帶回傳承塔繼續學習，在複賽結束前他都會待在傳承塔中。

知道哈瓦沒事，還跟著棺族老祖宗在傳承塔訓練，眾人也就安心了。

簡單地吃完晚餐，排了守夜順序、設下警戒機關後，羅蘭等人便去睡覺了。

一夜無事，隔天一早，舒服地睡上一覺的他們，在吃了早餐後決定進入山洞裡頭探險。

為了預防意外發生，羅蘭還拿出瑪麗蓮婆婆製作的占卜靈擺，詢問這趟行動的危險性。

占卜的答案是：可以去。

既然占卜靈擺都這麼說了，羅蘭他們當然就整裝出發了。

洞內的通道如同羅蘭所說，交錯縱橫，相當複雜，有些通道走著走著就走到了底，沒了出路；有些通道走著走著，就讓他們繞回了先前的位置，羅蘭等人小心翼翼地留下記號，預防自己在裡頭迷路。

在走錯幾條通道、又碰了幾次壁後，他們決定拿出占卜靈擺進行占卜。

這次拿出的占卜靈擺是只能卜算三次的，占卜其他事情的準確率不高，但是在指引方向上卻相當好用，準確率高達九成。

靠著占卜靈擺的指引，一行人在盤根錯節的通道中繞了兩天，終於來到了出口。

「終於出來了！」

站在出口的位置，眾人忍不住歡呼出聲。

長時間待在陰森又幽暗的通道，真是令人相當不舒服，像是被囚禁了一樣！

對於生長在小鎮，從小就在街道上到處跑的羅蘭等人來說，過於狹窄的環境給他們的不適感極重，他們離開這裡以後，想必有一段時間不會想再見到山洞了。

「原來山洞外是一個谷地？」

羅蘭等人沒有貿然出洞口，而是站在洞口處觀察。

出口的洞口位於半山腰，離地面有十幾公尺，羅蘭等人居高臨下，正好可以將山谷的情況看個清楚。

「這裡可真漂亮……」

谷地繁花盛開、綠草如茵，花叢間飛舞著蝴蝶和蜜蜂，樹林間有兔子、松鼠、鳥雀等動物穿梭，細長的瀑布從山壁上落下，在地面積成一個湖泊，湖面跟瀑布的交界處懸掛著一道彎虹。

湖泊周圍生長著成片的樹林和結實累累的果樹，金黃色、綠色、粉色和紅色的果實長滿枝頭，儼然是一幅豐收的景緻。

這個谷地，美好的猶如世外桃源。

對於一直處於比賽緊繃狀態的羅蘭等人來說，這裡無疑是一個最適合他們放鬆心情休息的地方。

雖然眼前看不見危機，眾人還是謹慎地搜尋一圈，確定沒有危險以後，才選了靠近湖泊的平坦位置紮營。

維克在附近布置了幾圈警戒機關，預防有動物潛伏偷襲。

「現在終於可以好好休息一下了。」羅蘭躺在帳篷內，大大地伸了個懶腰。

他們在山洞通道內並沒有遇險，體力也沒有消耗多少，但是連著兩天兩夜精神緊繃，那滋味真是叫人吃不消。

第七章　終章

「想睡就睡吧！」維克笑著拍拍他。

現在時間才到下午兩點，白天總比夜晚安全許多，可以放心入睡。

全員短暫地睡了個午覺後，精神充足地起床。

此時的天色已經出現漂亮的晚霞，氣溫也降低了幾度。

羅蘭是第一個睡醒的，醒來後，他沒有吵醒隊員，而是輕手輕腳地跑到湖邊抓魚，準備等一下煮晚餐。

羅蘭站在水裡徒手抓魚，抓到的魚扔在湖岸邊，打算等抓到足夠數量後再一起殺魚。

或許是因為沒有天敵，湖裡的魚又大又肥，每條都有手臂長，重量在十斤以上，足夠羅蘭和他的隊員大快朵頤。

金紅色的鱗片、雪白的魚肚，看起來就很好吃！

這裡的魚完全不機警，見到人出現卻不躲藏，反而還會好奇的湊過來。

這一過來，就被羅蘭抓了。

羅蘭一口氣抓了八條魚，打算兩條煮湯、四條燒烤，餘下的兩條清蒸。

只是等他走到放魚的岸邊，卻見到青草堆上只剩下殘餘的魚骨頭和碎塊。

八條魚都沒了。

「欸？」

羅蘭瞬間拔出大刀，警戒地環顧四周。

剛才他雖然忙著抓魚，卻也有分出一分心神關注周圍環境，然而，他卻沒有察覺到自己的魚被偷走？

如果這個偷魚賊對他有敵意，他肯定小命不保！

羅蘭繃緊了神經，使用各種他知道的方式進行偵測，然而結果都是——

這裡沒有其他生物！

這不對勁！

就算那生物會隱匿身形，牠行動時也會在草上留下線索，草地會因為牠的動作傾倒和偏移，可是眼前的草地只有魚在地上掙扎的痕跡。

很可疑……

羅蘭眨了眨眼，收起武器，又回頭繼續在水裡撈魚。

姿態看似放鬆了戒備，其實他是想要試試能不能將那個偷魚賊引誘出來。

只是偷魚賊似乎已經吃飽了，等羅蘭又撈了八條魚時，那偷魚賊依舊沒有出現。

真的走了？

羅蘭面露狐疑。

他在湖邊殺魚、去內臟、刮鱗，而後拎著處理乾淨的魚走回帳篷位置。

這時，帳篷睡覺的隊友們都已經起床了。

他們圍坐在營火邊，營火上架著兩個鍋子，一個煮著開水、一個正在炒青菜，氣氛輕鬆愜意。

「我抓了魚！」

羅蘭將手上的一串魚拎高，朝隊友們晃了晃。

正在炒青菜的維克抬眼看了一下，笑道：「兩條煮湯、兩條清蒸，剩下的燒烤。」

「對！」羅蘭為維克跟他的默契豎起大拇指點讚。

說話當中，維克也將青菜盛起裝盤了。

馬赫跟馬雅也立刻生了兩個火堆，方便維克做菜。

煮菜的鍋子是鍊金產物，可以快速傳熱，讓餓著肚子等吃飯的他們不用等太久。

吃飯當中，羅蘭說了自己在湖邊遇到的偷魚賊，要大家多加注意。

雖然對方可能對他們沒有惡意，但是也不能掉以輕心。

「晚上我來守夜吧！」

羅蘭睡了一下午，現在精神充足，晚上守夜絕對沒有問題。

02

夜闌人靜，成員們都進了帳篷睡覺，只留羅蘭一人在外面守夜。

羅蘭坐在營火邊，營火上架著一大一小兩個鍋子，小的煮開水，大鍋裡頭丟了幾片薑、幾根敲碎的獸骨，咕嚕咕嚕地熬著骨頭湯。

骨頭湯燉越久越香濃，這鍋湯想要燉煮入味，少說也要到半夜兩、三點。

屆時，負責守夜的羅蘭就可以往裡頭丟一把麵條、幾把青菜、再切一些滷肉，煮成美味的湯麵。

一個人守夜很孤單，不過羅蘭卻很享受這種夜深人靜的感覺。

坐在營火邊，喝著熱呼呼的開水，欣賞著美麗璀璨的星空，耳邊還有陣陣蟲鳴、蛙鳴相伴。

偶爾幾陣夜風吹拂而過，帶來微涼的水氣和樹葉、草叢晃動的聲響。

羅蘭被溫暖的營火烤的有些昏昏欲睡，他揉了揉眼睛，原地站起身，在開闊的空地做一些能夠提振精神又不會吵醒隊員的伸展動作。

在羅蘭運動的時候，腳邊的草叢跟著搖來晃去，發出「沙沙」聲響，像是在為他打節奏。

「呼……」

做完一套暖身動作後，羅蘭長長地呼出一口氣。

一旁的草叢繼續搖搖晃晃，沙沙作響。

羅蘭返回營火前，往已經熬煮得差不多的骨頭湯裡頭丟下一把麵，添加青菜和各種配料，攪拌幾圈，等個幾分鐘，一鍋濃醇鮮香的骨頭湯麵就出爐了！

羅蘭拿出大碗盛起屬於自己的分量，而後將大鍋放到一旁空地。

「一起吃吧！」他對著空無一人的草叢笑著。

「……」草叢裡沒有任何回應。

羅蘭也不管，將大鍋放下後，他坐回營火邊，開始吃他的湯麵。

他唏哩呼嚕地大口吸麵，咕嚕咕嚕地大口喝湯，大口嚼著青菜和肉片，吃相非常的香。

在羅蘭專心地吃麵時，草叢處也有了動靜。

半人高的草叢搖晃著身軀，發出更響亮、更頻繁的沙沙聲響，如同在交談。

只是它們討論了許久，卻依舊沒有討論出個結果。

藏身在大草叢底下的小草聞著湯麵的香氣，忍不住從地裡拔出根鬚，偷偷地跑了出去。

等到大草發現孩子們都跑去吃湯麵時，頓時慌亂了，恨不得揍熊孩子幾下！

「人類給的東西能亂吃嗎？要是吃出問題怎麼辦！」

大草們發出劇烈的沙沙聲響，宛若狂風咆哮。

小草們不服氣地反駁。

「為什麼不能吃？你們早上不也吃了他的魚嗎？」

「對呀、對呀！」

「這個湯好好喝！」

「阿帕，你們來喝喝看！真的好喝！」

「我從來沒吃過這麼好吃的東西！」

小草們從出生開始，吃的就是生食，生魚、生肉、生草、生果子，從沒吃過煮熟了還有調味的食物。

這一吃就驚為天人，在小草們的心靈埋下一顆名為「美食」的種子。

小草們只有十五公分高，身輕體小，踩在大鍋邊蹦蹦跳跳竟也不會打滑，動作相當靈活。

自家小草都已經在外人面前顯露身形，大草叢們也只能解除偽裝出現了。

除去身上的草葉幻象後，現身的生物體型約莫三十公分高，背後生著兩對色彩絢麗的藍色蝶翼，身體類似人型白蘿蔔，白白胖胖、水水嫩嫩。

他們的臉上戴著一張長方形、遮去了臉和腦袋的木質面具，面具上有簡筆畫的眼睛和嘴巴，這些眼睛和嘴巴可不是裝飾品，它們會隨著情緒變化，在大草叢們怒瞪自家孩子時，眼睛就會變大，嘴巴也會噘起，表情相當可愛。

小草們見到自家長輩都顯露真身了，也跟著搖晃身子、扭扭腰，把身上的偽裝消除。

偽裝一除去，小草們就只剩下十公分高，精緻的模樣宛如貴族喜愛的收藏品。

「你們好。」羅蘭笑著跟他們打招呼。

他不知道這是什麼種族，不過就目前看來，對方對他和隊員們並沒有惡意。

為了表現友好，羅蘭又從空間裡取出他儲存的各種食物，跟對方分享。

因為不清楚這個種族的飲食喜好，他便將肉類、蔬菜、水果和糖果餅乾零嘴都拿一些，另外還有他們這一路狩獵收集的各種生肉和風乾肉食。

羅蘭不知道，眼前像蝴蝶一樣的美麗存在，是一種極為稀罕的上古妖精，名為「帝瑪菈」。

帝瑪菈一族擅長種植和釀造，他們可以讓植物生長得更好，釀出的酒、蜜和醬膏不僅美味而且有益健康，長期食用可以延年益壽、青春永駐，還能夠增強戰士、法師等職業的資質，讓他們變得更加厲害。

但是帝瑪菈性情平和、不擅長戰鬥，也因為這樣，擁有漂亮外表兼具獨特釀造手藝的他們，遭到外人的覬覦，貴族和強者們大肆捕捉帝瑪菈族，逼得他們只能不斷遷移，隱居在人跡罕至的地方。

通往這座山谷的路徑只有山洞那條錯綜複雜的通道，如果羅蘭他們沒有利用占卜靈擺來到這裡，帝瑪菈族還可以繼續隱藏下去。

只是如今帝瑪菈族出現了，即使現在是深夜，也還是有許多夜貓子在觀看直播，自然也注意到帝瑪菈族的現身。

唯一慶幸的是，關於帝瑪菈一族的記載相當少，許多學者認為他們已經滅絕，即使看見帝瑪菈族，他們也無法認出對方的來歷。

但是在網友們的分享、傳播之中，「山谷中突然出現美麗生物」的消息很快就傳開。

等到隔天早上，民眾開始生活和工作的時候，這個消息就會被瞬間引爆。

既然羅蘭邀約了，帝瑪菈族也就大方的享用食物。

他們不挑食，也不畏懼毒物。

帝瑪菈族的身體構造特殊，可以自動分解毒素，甚至可以將吃進體內的毒素提取出來，加入他們的釀造物裡，毒死那些貪婪的人。

帝瑪菈的個子嬌小、胃口也不大，羅蘭拿出的食物，即使五十幾名帝瑪菈族人一同進食，也還是剩下大半。

飽餐一頓美食後，帝瑪菈族跟羅蘭之間的氣氛也溫和許多。

「很抱歉闖進你們的領地，我們是參與比賽的選手，比賽地點就是在這座島上，因為遇到獸群，在逃跑的時候無意中來到山洞……」

羅蘭詳細地跟帝瑪菈族解釋他們的情況。

「希望可以在這裡修整幾天，等身上的傷勢痊癒以後我們就會離開。」

頓了頓，羅蘭又補充道：「如果不方便的話，也希望能夠讓我們待到明天早上，等我的隊友們醒來我們就走……」

羅蘭他們對這裡的地形並不熟悉，走夜路太過危險，還是白天再行動比較妥當。

帝瑪菈族的族長聽完羅蘭的話，沒有回答他的請求，而是問出一個不相關的問題。

「你身上為什麼會有森靈的庇護？」

羅蘭之前也被松乘古樹問過同樣的問題，愣了一下後隨即回答道。

「因為我跟王認識，王的魔獸森林就在我的家鄉隔壁，我經常去那裡玩。」

聽到羅蘭跟森靈認識，帝瑪菈族長略顯激動。

「森靈還活著？那他、他願意讓人進入他的領地嗎？」

帝瑪菈族自古跟森靈的關係良好，森靈庇護帝瑪菈族，帝瑪菈族為森靈釀造和管理森林，讓植物生長得更好。

只是森靈的數量稀少，而且森靈的壽命雖然長，也不是不死的。

森靈很強大，卻也有弱點。

當森靈所屬的魔獸森林遭到嚴重破壞，森靈就會衰弱，甚至是死亡。

帝瑪菈族族長以為世上已經沒有森靈了，卻沒想到能在羅蘭口中得知森靈還存在的消息！

「你想帶族人搬去王那邊？我可以幫你問問。」

雖然王相當溫和、親切，但是羅蘭也不敢保證王會願意讓帝瑪菈族搬去他那裡。

羅蘭拿出一朵蒲公英，將他遇見帝瑪菈族的事情簡略說了，又讓帝瑪菈族族長親口說出他的請求。

帝瑪菈族族長恭恭敬敬地對著蒲公英說話，說到激動時還抹著眼淚哭了，其他族人沒見過族長這副模樣，被嚇得安靜無聲。

因為帝瑪菈族族長的絮絮叨叨，蒲公英放飛時，形體胖得如同氣球，羅蘭很擔心它飛不動。

幸好王贈送的東西品質極佳，蒲公英晃了兩下後，就迅速消失在他們面前了。

「如果王收到訊息，多久會回覆？」帝瑪菈族族長滿懷希望的問。

「我也不知道。」

王很少回覆訊息，想找人、想交談都是當面講，羅蘭之前放飛的蒲公英並沒有收到回信。

「不過王不是會拖延的性格，他收到訊息後應該會很快聯繫。」羅蘭安慰著帝瑪菈族族長。

「嗯、嗯。」帝瑪菈族族長連連點頭，神情忐忑。

03

如同羅蘭所預料，在夜幕漸漸轉亮，天邊露出魚肚白的清晨色彩時，接獲訊息的王出現了。

「森、森靈！」

帝瑪菈族族長一見到王出現，激動地蹦了起來，在空中胡亂飛轉。

王看著在半空飛舞，想靠近他、親近他卻又怯懦、害羞的帝瑪菈族族長，唇邊露出一抹溫和的笑。

「很高興見到你們，我的朋友。」

王並沒有見過帝瑪菈族，也沒有跟帝瑪菈族相處過，但是他的傳承記憶告訴他，森靈和帝瑪菈族是最親近的朋友，是宛如伴生的關係。

「森靈……」

帝瑪菈族族長宛如見到失散已久的親人，「嗚哇」地一聲，撲進王的懷裡嚎啕大哭。

其他帝瑪菈族人也追著族長的動作，紛紛飛到王的身邊。

他們第一次見到森靈，卻對他有著濃烈的親近感，雀躍的靈魂悸動告訴他們——是他，就是他！他就是能讓帝瑪菈族安心的歸宿！

等到帝瑪菈族族長的情緒安定下來，王這才讓他們去收拾行李，準備帶他們搬家。

「喔喔喔！搬家、搬家！」

「我們要搬到魔獸森林去囉！」

「森靈要帶我們去他家啦啊啊啊啊……」

帝瑪菈族一哄而散，開開心心地回家收拾東西去了。

不一會兒，帝瑪菈族再度出現，他們手上提著一個如同蝸牛殼的圓形物體，這就是他們的家。

帝瑪菈族的住所相當特別，內部自成一個小世界，他們可以在裡頭種植、釀造和生活，那看似脆弱的蝸牛殼其實相當堅硬，而且還具有自動遁入土裡的功能。

只可惜，再強大的防禦也承受不住人類的貪婪和惡念。

帝瑪菈族被捕捉到幾乎要滅族，只能銷聲匿跡，躲藏於山谷之中。

帝瑪菈族收拾妥當後，王和他們瞬間消失在直播鏡頭前。

觀看直播的觀眾和節目組相當扼腕，他們還是第一次見到森靈的模樣，羅蘭怎麼不讓對方多待一會兒呢？

不管觀眾們如何哀號，羅蘭和他的隊員依舊按照原定計畫行動。

他們在山谷休息了兩天，吃著帝瑪菈族種植的水果，又花費積分跟節目組兌換了許多物資。

等到身體和精神都調整好以後，才準備要離開山谷。

「叮！」

通訊環突然冒出收到節目組訊息的提醒聲。

羅蘭小隊點開查看，發現那是一則比賽規則更動的通知。

【各位選手請注意！

現在複賽已經進入緊張刺激的中間階段，從現在開始，各個小隊的位置將會一小時通報一次！

各位選手可以經由通訊環查詢到其他小隊的位置！

另外，節目組獲得熱心的秘境前輩們加碼，複賽的獎勵新增了許多獎品，詳細請查看獎品表單。

請大家努力激戰到最後，盡情地享受比賽吧！】

羅蘭等人點開獎品明細觀看後，發現新增的獎品還真不少，而且每一樣獎品後面都還寫著獎品供應者的名字，雖然不是全部都認識，但是羅蘭他們認出了教導過他們的傳承塔老師。

「節目組竟然可以邀請到這些老師當來賓？真厲害……」羅蘭讚嘆道。

「這下子複賽的競爭又加大了。」維克面露苦笑。

他原本預計自家小隊應該可以闖進決賽，只是複賽的獎勵增加後，各個團隊肯定會拿出原本要用在決賽的壓箱寶，這樣一來，他們進入決賽的機會就變得渺茫了。

「沒有比過，怎麼知道我們打不贏？」羅蘭摩拳擦掌、躍躍欲試：「就算打輸了，下次再參加就好啦！」

「對！沒打過，誰知道結果會怎麼樣！」馬赫握緊拳頭，氣勢騰騰地揮舞幾下。

「就算真的在複賽被淘汰，我覺得我們也很厲害了。」馬雅笑嘻嘻地說道：「我們是第一次參加比賽的新人，初賽得到第一名，複賽的成績也不錯，進去過秘境、見識到神奇的傳承塔，找到珍貴的紅寶礦心……誰家的新人團像我們這樣呀？」

「也對。」維克釋懷笑了，「這次參加比賽的收穫比我預想的多，我們都有進步、有成長，這就夠了。」

雖然已經做好被淘汰的準備，但是光輝之翼小隊還是盡心盡力的規劃行動，希望可以在複賽中撐得久一點。

在節目組公告訊息後，當天就有幾十個團隊的積分迅速增加，名次飛快上漲，同時也有不少團隊的積分銳減，排名輪替得相當迅速。

快速增加積分的途徑是搶劫！

深諳此道的團隊不少。

而節目組提供所有小隊的位置，就是為了使各個團隊競爭起來，讓節目更加好看。

經過幾天的休息，光輝之翼小隊現在的排名落在一百名左右，但只要在最後幾天拚一把，他們還是有機會爬上前五十名，擠進決賽的。

只是所有團隊都盯著積分多的團隊搶劫，光輝之翼小隊自然也在他們的狩獵名單之中。

尤其光輝之翼小隊在初賽的表現突出，又幸運地進入了遺跡，複賽的第一天還直接成為積分排名第一位，妥妥是一匹大黑馬。

那些熟悉比賽規則的老團隊，可不會放過他們。

於是乎，光輝之翼小隊接二連三地遭到埋伏和追逐，成員也在一次次的戰鬥中被淘汰出局。

羅蘭以一敵百、憑藉高超的戰鬥力撐到最後，但是最終還是落敗了。

積分被搶走，光輝之翼小隊被淘汰了。

羅蘭被淘汰後，被送回堡壘上的醫療站，灌下幾瓶藥劑、治好了外傷。

光輝之翼小隊成員齊聚醫療站與他會合。

看著夥伴們，他摸摸頭，燦爛地咧嘴一笑。

「我輸了。」

語氣中沒有埋怨或委屈，羅蘭自認已經做出當前最好的表現，打了一場最盡興、最高品質的戰鬥。

他很滿足！

「我們看了直播，你很棒！」

「羅蘭你真是太厲害了！對上那麼多人，你竟然還能一來一往的跟他們交鋒，我就不行……」

「看到你被包圍的時候，我真是嚇出一身冷汗，沒想到你還能從包圍圈闖出來，真是太強了！」

維克等人笑著為他鼓掌喝采，把羅蘭誇得臉紅。

「咳！」旁邊傳來乾咳聲，打斷他們的交談。

「格雷特老師？你怎麼在這裡？」羅蘭訝異詢問。

「我來當來賓觀賽。」格雷特老師一挑眉，一副「這件事情你不是知道嗎？問什麼廢話？」的模樣。

羅蘭當然知道格雷特老師是來賓。

「現在比賽還沒結束，老師怎麼不繼續看比賽？」

「小孩子打架，有什麼好看？」格雷特老師滿臉嫌棄。

「……所以老師你是來找我的？」羅蘭心底浮現不好的預感。

「沒錯！」格雷特老師肯定了他的想法，「你在比賽中打得那麼差勁，真是丟我的臉！快點跟我回傳承塔訓練！」

「我都沒有休息……」

羅蘭跟那些人周旋了三天三夜，現在累得要命，就只想要躺下好好睡一覺。

「休息什麼？我教你的戰鬥技巧你竟然學成這樣，我的面子都被你丟光了！」

格雷特老師賞了他一記白眼，回過頭，又冷淡地看著維克等人。

「你這幾個隊員也要再去傳承塔學學，身為你的隊員，他們太弱了！」

「老師要帶他們一起去嗎？」羅蘭雙眼發亮，其他成員也面露驚喜。

他們還以為，在複賽被淘汰的他們，再也去不了傳承塔了。

「老師，我們現在就出發嗎？」

擔心時間拖久了會生變，羅蘭急忙催促。

「怎麼？不需要休息啦？」格雷特老師戲謔地看著他。

「我休息夠了，現在精力充沛，再戰個三天三夜也沒有問題！」羅蘭拍著胸口回道。

「嘖！小滑頭！」

格雷特老師嘴上嫌棄，眼底卻流露著笑意。

「欸、等等……」

節目組工作人員想要攔住他們，但是格雷特老師卻已經帶著光輝之翼小隊傳送離開了。

「導演，現在怎麼辦？」工作人員無奈地回報。

「怎麼就走了？你怎麼沒攔住！」導演著急的直跳腳。

在導演的規劃中，複賽跟決賽之間會安排一場敗部復活賽。

從被淘汰的團隊中選出十支成績最好的隊伍、十支人氣最高的隊伍，讓他們再比一場，這場敗部復活會偏向娛樂性質，並邀請觀眾投票參與，最後挑出五個團隊進入決賽。

光輝之翼小隊人氣相當高，是本次節目的黑馬之一，導演當然不會放過這個有話題、有運氣、又有觀眾緣的團隊，早就將他們列入敗部復活賽的團隊名單中。

只是導演沒有想到，格雷特老師會橫插一手，直接把人帶走了。

這樣一來，他的敗部復活賽就少了一個熱門看點！

不管導演如何跳腳，光輝之翼小隊已經踏上新的目標、新的道路，在傳承塔中開始了新的學習階段。

外界的一切紛紛擾擾與他們無關。

番外　秘境考古綜藝

光輝之翼小隊進入傳承塔學習後，一晃就是兩年過去，原本因為傳承塔出現而引發的各種紛紛擾擾，也被其他事件和新聞掩蓋。

但也因為《勇者新星選拔營》爆紅，後續又衍生出野外冒險綜藝、荒島生存綜藝、秘境考古綜藝、鑑定尋寶綜藝等等。

讓勇者類型的相關實境類綜藝節目又再度興盛起來，迎來新的春天。

「各位觀眾大家好，我是主持人米婭，歡迎收看《秘境考古》！」

米婭穿著一襲淡藍色洋裝坐在主播台，她的面前是一面螢幕牆，牆上有十幾個正在直播的畫面。

她的兩側坐著一位學者塔的學者以及兩位知名勇者，這幾位來賓負責在探險團隊行動或是找尋到物品時進行專業解說。

「今天是進入聖凱薩帝都的第五天。我們可以看見，參與的十組勇者團隊都已經通過外圍，進入帝都的中心區，現在各隊勇者團正在休息……」

米婭簡單地解說完畢後，近兩年剛竄紅的「巴特」勇者就迫不及待的搶話。

「聖凱薩大帝是黃金時代相當有名的皇帝，他是明君、也是暴君，據說他收集了無數珍寶存放在寶庫裡，這些寶庫也是勇者團的目標之一……」

「咳！《秘境考古》的宗旨是探尋各處秘境，了解那個時期的歷史……」

主持人米婭打斷巴特的話，不讓他歪曲了節目主持。

另一位勇者來賓「桑德琳娜」也適時地為主持人圓場，解說起聖凱薩大帝的事蹟。

「聖凱薩大帝在任期間，領軍親征七次，將國土面積擴大數十倍，開創了聖凱薩盛世，但是到了晚年，大帝深受疾病、頭痛困擾，下令當時的巫師、法師、術士、學者進行一項秘密研究，他想要獲得永生、想要逃離死神的追捕，想要創造一個永垂不朽的國度……」

「最後的結果大家也從歷史書中知道了。聖凱薩大帝成功了，但也失敗了。」

「那項秘密研究將他和國民轉化成不死族和幽靈，他們確實獲得了永生，但也被環繞著整個帝都的魔法陣囚禁，無法離開帝都範圍半步……」

「到了現代，聖凱薩帝都成了十大高危秘境之一，所有意圖闖入帝都的人生命都葬送在那裡了，就連靈魂也無法解脫。」

「其實我以前也有來過這裡……」

巴特滔滔不絕地吹噓自己的冒險經歷，讓其他人暗暗翻了個白眼。

在場的人都知道他以前只是一位資深勇者，實力一般，始終都混不出頭，後來他用了全部的存款聘僱了宣傳團隊，靠著跟名人攀關係和虛假宣傳才走紅的，根本就沒有實力可言！

「謝謝巴特勇者的分享。」米婭拉回了話題，「聖凱薩帝都不愧是十大高危秘境，這次參與的勇者團都是經歷相當豐富的高階勇者，他們應對危機的經歷豐富，但也還是在帝都吃了不少虧……」

帝都外圍一堆毒蛇、毒蠍、毒蟲、毒物、毒沼澤，還有幽靈、咆嘯女妖、骷髏怪……成群結隊的圍毆勇者團，讓他們疲於奔命、四下逃竄，還傷了不少人。

「經過這幾日的奔波，勇者們現在非常疲憊，十個團隊都還在休息中……」

勇者團還在休息，但觀眾們也不可能一直看著他們睡覺的模樣，節目組導播決定先讓幾個真知眼到別處拍攝環境，想辦法找一些吸引觀眾的點。

為了這次的直播，節目組可是大手筆的派出一百枚真知眼，一部分跟在勇者團身邊拍攝，一部分用於拍攝周圍環境和怪物情況，提供給學者塔進行研究。

「現在我們導播讓真知眼拍攝周圍的環境，真知眼由學者塔研發，具有環境同化、偵測和反偵測功能，不用擔心會被怪物發現……」米婭為真知眼打了個小廣告。

在勇者團隊被怪物圍剿時，他們也多次利用真知眼探尋周圍環境，藉此避開怪物的追捕。

「這個區域有很多尖塔形狀的房子，每棟房子前還有一塊招牌，請問歐文學者招牌上是寫什麼啊？」

主持人米婭適時地將話題遞給學者，卻又被巴特搶了話。

「這是歐姆文字，上面寫的是約爾森鍊金塔，旁邊那棟是歐卡鍊金塔……這些招牌應該是類似門牌的功用。」他得意洋洋地翻譯著這些文字。

「原來這個區域是鍊金師居住的區域啊？請問學者，這些鍊金區是大帝特別規劃的嗎？」

米婭隨口附和了一句，又再度將話題轉給歐文學者。

歐文學者笑著回道：「聖凱薩大帝是一個完美主義者，重視規矩、乾淨和整齊，用我們現在的話來說就是有點強迫症。」

「他上任後就把帝都老舊的下水道重新修整一番，把排水系統重新做了規劃，還重新劃分帝都的各個區域，弄出了鍊金師區、工匠區、魔法師區、戰士區、貴族區、平民區，讓不同身分和職業的人居住在不同的區域……」

這樣的舉措也減少了很多紛爭，最常見的「貴族欺負平民百姓」案件減少了大半，百姓們上街時也不用擔心會礙了哪位貴族的眼，被心情不好的貴族拿鞭子抽。

「我們可以看到，鍊金師區這裡的巡邏比平民區多，平民區只有巡防隊在巡邏，鍊金師區除了巡防隊之外，還有騎著幽靈戰馬的騎兵巡邏隊……」

「咦？」

桑德琳娜突然發出驚疑聲，吸引了眾人的關注。

「你們看左上角。」桑德琳娜指著畫面左上角，「導播，把鏡頭往左上方移一下，那邊有人。」

「有人？」眾人面露驚訝。

剛才他們只關注來回巡邏的巡防隊和周圍的房屋建築，並沒有注意到角落的場景。

只見直播畫面中，兩名少年從巷子裡頭走出，朝著大街的方向前進。

少年們的身形挺拔、容貌出眾，舉手投足間帶著年輕人特有的朝氣蓬勃。

紅髮藍眼的少年笑容爽朗，說話時總是搭配著各種手勢，腦後的小辮子也隨著搖頭晃腦的動作甩來甩去，相當活潑歡快。

旁邊的金髮少年容貌精緻，氣質優雅沉穩，略顯淡漠的眉眼透著溫和笑意。

「這、這兩個人是怎麼進去的？」米婭訝異地詢問：「前幾天都沒看見他們啊！」

聖凱薩帝都並不是一個對外封鎖的區域，相反地，它對所有民眾開放，只要你有本事、不怕死，就能進去。

只是節目組在直播開始前有來探勘過幾回，測試真知眼的功效，並且在直播開始前兩天就申請臨時封閉許可，避免臨時遭人闖入帝都，破壞節目的直播。

導播室也是一陣混亂，他們可是派遣了不少人力在秘境外面駐守，相當肯定這段期間並沒有人進入帝都。

「這兩人好面熟……我好像在哪裡見過？」桑德琳娜皺著眉頭努力回想。

「聽妳這麼說，我好像也有這種感覺。」米婭也是面露迷茫。

「啊！是狂刀的小師弟！之前發現傳承秘境的那個！」桑德琳娜腦中靈光一閃，想起了紅髮少年的身分。

「是他們啊！」米婭也想起來了，「之前我主持的勇者選秀節目他們也有參加！」

隨著真知眼的悄然接近，羅蘭和維克的說話聲也被收錄進去。

「格雷特老師到底把東西放在哪裡啊？都找了大半天了，還是沒找到……」

羅蘭手裡拿著老師提供的偵測水晶，只要他們靠近目標物直徑五十公尺內，水晶就會發出指引光芒。

只是他們都進來半天了，這枚黑色水晶還是安安靜靜，半點光芒都沒有出現。

「老師也太過分了，明明說好要放假，結果又突然說要進行學習考核！」羅蘭嘀嘀咕咕地念著，「上次回小鎮還是半年前，我好想吃約翰大叔的炸肉排、燒烤店的烤乳豬……」

維克輕笑一聲，安撫道：「你也別埋怨了，格雷特老師被你和其他老師聯手坑了一回，還不允許他報復回來啊？」

「就只是開一個小玩笑嘛……」羅蘭心虛地目光閃躲。

「行了，快點找東西吧！難道你想要把好不容易得到的假期都耗費在這裡？」

提起此事，羅蘭就更不高興了。

「說是放一個月的假，結果連來這邊找東西的時間也算在假期裡，這算什麼嘛！」

「所以啊，你的動作要快一點，不然又要拖延幾天才能回家了。」

這項任務是羅蘭專屬，維克只是陪著他過來。

兩人在傳承塔的課業分量差不多，只是維克的課程偏向藥劑學、機械製造、鑑定這類，而羅蘭的課偏重實戰，再加上教導的老師也不相同，導致維克的學習狀態看起來比羅蘭輕鬆，假期也比羅蘭要多。

「我也想要快，可是東西到底在哪裡啊？這個偵測水晶真的能用嗎？沒壞嗎？」

羅蘭拍了拍手上的偵測水晶，總覺得這個被格雷特老師放在雜物堆裡的東西不怎麼可靠。

「不是給了你地圖嗎？照著地圖找……」

維克後續的話消失在一張極為簡陋的地圖中。

地圖上只有幾筆線條和一個打著星號的標記，根本看不出目標物的位置。

「格雷特老師還真是……」

後續不敬的話被維克吞了回去。

傳承塔的人都知道格雷特老師性格小氣、愛記仇，雖然現在他人不在這裡，但是誰知道他有沒有偷偷用魔法觀測他們的一舉一動呢？

「他就是故意的！」羅蘭氣呼呼地揚了揚地圖，「明明畫技那麼好，就是不肯畫一張完整的地圖給我！」

維克接過地圖仔細查看，發現紙張背面的角落處還有一行小小的文字。

「鍊金五區綠樹巷十七號、卡馬拉……這是地址？」

「咦？還有地址啊？這字是什麼字啊？我都看不懂。」

羅蘭湊過來觀看，發現上面是他沒見過的文字。

「這是歐姆文，你應該也有學過。」

維克和羅蘭的課程雖然不同，但是古文字是必學課程，歐姆文的用途廣泛，是老師教導的主要文字之一，羅蘭不可能沒學過。

「我一上古文課就想睡覺。」羅蘭訕訕地笑笑，飛快轉移話題，「有地址就好辦了，我這就去找！」

羅蘭的身形在鏡頭前一晃而過，閃身跳上屋頂，幾個跳躍就移動了五、六百公尺遠，速度快得像是在飛。

維克雙腳腳跟一碰，鞋子底下出現兩塊光版，載著他飛上半空，追在羅蘭身後。

「快、快！讓真知眼追上去！」

導播激動的喊著，讓負責操作真知眼的工作人員追在兩人後頭。

不一會兒，兩人就來到任務目的地。

這棟鍊金屋比周圍的房屋還要多一層樓，按照大帝定下的規矩，這裡居住的鍊金師地位是比較高的，或許還是這一區的管理者。

只是地位高也有壞處，房屋周圍站著不少鎧甲守衛，嚴格守著出入口，羅蘭想要進入可要費一番功夫。

「這群鎧甲守衛可不簡單，都是精英級的高手。」桑德琳娜看出守衛的實力，開口說明道：「就算是我出手，應付起來也有一定的難度。」

「不過是精英級守衛，打起來也只是辛苦一點，我以前遇過的怪物比它厲害……」巴特驕傲的揚著下巴吹噓自己。

他上節目當來賓就是想要增加知名度的，可不能讓桑德琳娜把鏡頭都搶了。

「聽說這兩個小孩在傳承塔學習，我不知道他們學了多少，不過他們終究還沒成為職業勇者，恐怕……」

話還沒說完，門口攔路的鎧甲守衛就被羅蘭一刀砍了，狠狠打了巴特的臉。

「呃哈哈，這小孩的運氣挺好的啊……」

畫面一轉，羅蘭又刷刷刷地砍掉幾名守衛的腦袋，手起刀落就像切瓜砍菜，俐落的不得了。

「呵，運氣？」

桑德琳娜輕笑一聲，也不曉得是在嘲諷巴特還是鄙夷他。

「雖然他能對付得了外面的守衛，但是屋裡也有厲害的怪物，我不認為他能應付了……」巴特梗著脖子、厚著臉皮說道。

畫面中，羅蘭衝進屋內，順著偵測水晶的指引，一路殺到放置目標物的房間，而後拿著一個木盒子跑出來，笑嘻嘻地跟維克會合後，兩人拿出傳送卷軸傳送離開。

「確實很不容易呢！」桑德琳娜似笑非笑說道：「進屋拿個東西都要花上二十分

鐘，嘖嘖嘖！真是辛苦啊……」

「……」巴特氣得一張臉忽紅忽青，暴躁的轉移了話題。

「不是說不能傳送嗎？為什麼他們可以傳送進去？」

「帝都秘境設置了特殊魔法陣，確實不能傳送，但是如果是傳承塔的傳送卷軸就沒問題了。」學者語氣平緩地解釋，「傳承塔擁有數千年的知識傳承，自然可以破解帝都的魔法陣……」

「既然傳承塔那麼厲害，就應該將它們的知識公開分享，讓大家可以更安全的探索秘境，他們怎麼能夠獨吞？」

巴特話說到一半就被導播派來的人架出去了。

導播：蠢貨！傳承塔也是你能招惹的？想找死別拉上我們！

（全文完）

後記

《勇者新星選拔營》完稿啦！（灑花）

《勇者新星選拔營》是《勇者小鎮的打工日常》的第二部，是主角「羅蘭」離開小鎮後，踏進勇者圈的開始。

在《勇者小鎮的打工日常》完結後，我就在想，該怎麼描寫羅蘭進入勇者圈的第一步，一般常見的勇者小說模式都是讓主角開始去傭兵公會接任務、遭遇夥伴，而後便是冒險、打怪獸……

但是《勇者》的世界背景是一個勇者職業極為發達的世界，這裡有勇者明星經紀公司，也有各種勇者相關的綜藝節目，既然如此，應該會有傳統路線以外，偏向娛樂圈商業化的發展才對。

所以我就讓羅蘭走向「職場選秀」出道的路子。

畢竟在娛樂和科技發達的世界，想要迅速成名，那肯定離不開媒體！

我將選秀元素加了進來，並加入觀眾發言，用來推進主角視角以外的劇情。因為章節篇幅有限，需要注意觀眾的參與度不能過多，免得文章少了重點，經常需要刪刪改改。要是沒有節制，讓我放開了寫，很可能整篇都是觀眾的彈幕發言，這樣反而拖慢了節奏，也會讓文章顯得「水」。

早期，我也是網文作者出身，那時候的網文作者要先在網路上發表文章，聚集人氣後才會出版實體書。

當時的文章段落和節奏都跟現在不一樣，以前一篇文章至少要五千字以上，一章節八千至一萬字是常態，而現在因為閱讀媒介轉成了手機，為了閱讀上的舒適感，每章節的字數需要控制在兩、三千字的範圍，文章句子要簡潔，不能一行字寫的落落長，閱讀起來不方便。

雖然我一直有在閱讀網路小說，也有在研究網路小說的變化，不過了解是一回事，真正實際上手去寫又是另一回事。

跟 KadoKado 角角者平台的合作，讓我獲得了實戰經驗，收穫頗多，也很感謝 KadoKado 角角者給我這個機會！（比心）

《勇者新星選拔營》的結尾採用開放式結尾。

可能有讀者看見羅蘭他們被淘汰會很訝異，不過這是原本就預定好的結局。（笑）

即使羅蘭再厲害，培育他的老師再強大，他也只是初出茅廬的新人，而他的隊友水準也不高，整個團隊都需要再磨合。

這樣的新人團隊遇上了資深的老團隊，肯定是經驗豐富的老團隊略勝一籌！

在我看來，羅蘭他們被淘汰是很正常的。

就算通過複賽、進入了決賽，等著他們的也依舊是淘汰的命運。

羅蘭他們的資質很好，可是其他團隊也不差。

羅蘭他們很努力，別人也同樣努力。

所以羅蘭他們被淘汰才是合乎邏輯的。

更何況，羅蘭他們雖然被淘汰了，卻也收穫了更好的禮物——

傳承塔的學習！

要是換成讓其他人選擇，他們肯定也會選擇傳承塔，不會選節目組。（笑）

羅蘭他們在傳承塔學習後，會變得更加厲害，起點也比別人更高，到時候再真正進入勇者圈這個職場奮鬥，闖出響亮的名號。

這就是羅蘭他們的未來啦！

感謝一路閱讀到這裡的朋友們，謝謝你們對貓邏和《勇者》的支持！

往後我會繼續構想更多有趣的故事跟大家分享！

下次再見囉！

勇者小鎮的打工日常 下

作　　者＊貓邏
插　　畫＊高橋麵包

2023 年 12 月 21 日　初版第 1 刷發行

發 行 人＊岩崎剛人
總　　監＊呂慧君
編　　輯＊喬齊安
美術設計＊林慧玟
印　　務＊李明修（主任）、張加恩（主任）、張凱棋

台灣角川

發 行 所＊台灣角川股份有限公司
地　　址＊104 台北市中山區松江路 223 號 3 樓
電　　話＊（02）2515-3000
傳　　真＊（02）2515-0033
網　　址＊http://www.kadokawa.com.tw
劃撥帳戶＊台灣角川股份有限公司
劃撥帳號＊19487412
法律顧問＊有澤法律事務所
製　　版＊尚騰印刷事業有限公司
I S B N＊978-626-378-275-4

國家圖書館出版品預行編目資料

勇者小鎮的打工日常 / 貓邏作 . -- 初版 . -- 臺北市 : 臺灣角川股份有限公司 , 2023.12
冊 ;　公分
ISBN 978-626-378-274-7(上冊 : 平裝). --
ISBN 978-626-378-275-4(下冊 : 平裝)

863.57　　112017344